자본주의 키즈의
반자본주의적 분투기

자본주의 키즈의 반자본주의적 분투기

이혜미 지음

글항아리

머리말

미증유의 시대, 미증유의 세대

인생의 어떤 순간들은 직선 방향으로 나아가던 우리 삶을 단숨에 꺾어버린다. 외부에서의 예상치 못한 압력에 의한 것일수록 더욱 그렇다. 한국전쟁, IMF 금융위기, 그리고 신종 코로나바이러스 감염증(코로나19) 팬데믹.

삶의 어떤 장면들도 의도하지 않은 터닝포인트를 만든다. 누군가는 죽었고, 누군가는 아팠으며, 누군가는 일자리를 잃었다. 방역으로 인해 가족을 만나지 못하는 상황에까지 이르렀다. 아이들은 학교로 향하지 못했고, 어떤 아이들의 성장은 지연됐다. '제3차 세계대전'과 '핵 시나리오'를 입에 쉽게 올렸던 음모론자조차 오늘날의 팬데믹 상황을 예상이나 했을까.

세상이라는 거대한 장기판 위에 놓인 장기말 하나가 된 나.

운신의 폭은 좁고 존재는 납작하다.

그러나 이렇게 멈추라는 법은 없다. 어찌할 수 없는 외부 조건에 휘청이는 삶을 살다보면 사람들의 질문은 점점 내면을 파고든다. 우리의 발은 '지금 여기'에 묶여 있으나 넓게 확장되지 못하는 자아는 오히려 자신의 깊숙한 곳을 향해 근원적 탐구를 해나간다. 나는 누구인가, 나는 무엇을 좋아하는가, 나는 지금 무슨 생각을 하는가, 이 세상에 휩쓸리지 않으려면 나는 어떻게 살아야 하는가 등등.

흔히 코로나로 인해 세상이 전부 멈췄다고 말한다. 개인의 일상은 한군데에 머무르거나 집 안에 갇힌 것처럼 보인다. 모두가 염원하는 '일상 회복'이라는 단어는 '일상 상실'을 전제한다.

그러나 과연 그럴까? 우리는 일상을 잃지 않았다. 다만 새로운 규범을 만들어가고 있을 뿐.

편도 1시간씩 대중교통을 타며 도시를 가로지르던 우리의 통근 여행은 중단되었으나, 온라인 네트워크를 통한 새로운 삶의 방식이 열리고 있다. 원격근무는 출퇴근을 대체했다. 퇴근길 동료들과의 '맥주 번개'가 익숙했던 이들은, 점차 서로 간에 거리를 두면서 '나만의 시간'을 탐닉하기 시작했다. 동시에 우리가 얼마나 '회사 인간'이었는가를 성찰하는 계기도 됐다.

일을 하는 내 모습이 아닌 본연의 나를 찾아가는 과정. 코로나 기간에 '부캐' 열풍이 일고, 독서량이 늘어 출판사의 매출이 상승했으며, 온라인으로 사교하는 느슨한 살롱이 유행하는 것은 이와 무관하지 않으리라.

미증유의 시대를 가장 잘 개척해나가는 존재는 단연 '미증유의 세대'다. 이미 태어나 존재하는 이들을 미증유라 일컬어도 되는가 하는 고민이 순간 들지만, 기성 권력이 MZ세대(1980년대 초~2000년대 초 출생)를 온갖 곳에서 배제하는 상황을 보면 못 할 표현도 아닐 듯싶다.

MZ세대는 지금까지 한국 사회를 주도하는 모든 담론과 정치·경제 권력에서 비켜나 있으면서, 때로는 오랫동안 취업을 못 하는 집안의 걱정거리로, 차곡차곡 저축할 생각은 안 하고 '영끌 투자'로 아파트 쇼핑에 나서는 한탕주의로, 가상화폐와 주식에 올인하느라 노동의 숭고한 가치를 느낄 줄 모르는 천둥벌거숭이로 쉽게 대상화됐다. 때때로 '비 새는 단칸방에서 만들어가는 사랑'의 맛을 알지도 못한 채, 허영만 가득해서 결혼과 재생산까지 미루는 이기적인 세대로 치부된다. '가진 자들의 시선'에서다.

권력, 권한, 권위를 모두 독점한 기성세대는 어느 것 하나 양보하지 않으면서 젊은이들의 고군분투에 쉽게 훈수를 둔다.

'요즘 애들'이라고 뭉뚱그리면서도, 그들이 왜 이런 고민을 하고 결정을 내리는지에는 관심이 없다.

수년 뒤 코로나가 종식되고 나면 각자 이 시기를 어떻게 기억하게 될까. 나는 적어도 견고한 기성 질서에 굴하지 않고, '요즘 애들'이 사부작사부작 그리고 꼼지락꼼지락 자신의 주체성을 찾아가는 기간이었다고 정의 내리고 싶다. 6월 민주 항쟁이나 탄핵을 이끈 촛불집회처럼 거대한 혁명의 물결은 아니지만, 사회를 지배하고 있는 생활 양식과 사고방식을 조금씩 우리의 감각으로 전환하는 과정으로 말이다.

이 책은 코로나라는 위기 속 '나' 스스로가 어떻게 자신의 영역을 침해받지 않으며 존엄하게 살아가는가에 대한 개인적인 이야기다. 또한 예민한 나의 또래가 코로나 터널을 어떻게 통과하고 있는지에 대한 고군분투기다. 사람들의 이동이 극히 제한되고, 좁은 공간에서 보내는 시간은 많이 늘어나는데, 시중에 풀린 돈으로 자산 가격은 급등하고, 상대적으로 노동의 가치는 폄하되는 세상. 더군다나 이 모든 상황이 단 1년이라는 짧은 기간에 전개된 급변기에, 유연하고 주체적인 '요즘 것들'은 어떤 생각을 하고 살아가는지를 '감히' 나의 경험을 빌려

서술했다. 그러므로 이것은 나의 이야기면서 동시에 우리의 이야기다.

1989년생으로 밀레니얼 세대와 Z세대 사이에 교묘하게 위치한 나는 '꼰대'와 'MZ세대'의 경계를 자주 넘나든다. 싱글맘 가정에서 자란 어린 시절, 임대아파트를 전전하며 극한의 빈곤에 놓였으나 운이 좋아 커리어를 시작한 이후 짧은 기간 안에 경제적·사회적 계층 상승과 직업상의 성취를 획득했다. 그래서인지 이따금 '할 때까지 해봤어?'라고 다그치는 내면의 '기성세대' 목소리와 종종 마주치기도 한다. 비교적 조직에 잘 복무하고 일에 몰입하는 편인 데다, 몇 살 어린 후배들의 '맹랑한' 행동을 보며 퍽 낯설어하기도 부지기수다. 그러나 꼰대가 될 수 있음을 늘 경계하고 끝내 머릿속 생각을 발설하지 않는 것이야말로 그나마 '젊은 꼰대'가 '진짜 꼰대'와 구분되는 미덕이다. 나의 꼰대력이 슬며시 머리를 들 때, 나는 나 자신을 살피는 거울로 삼는다.

그러나 사회생활을 하며 맞닥뜨리는 불의, 특히 공정하지 못한 것을 봤을 때 불끈불끈 치미는 분노를 즉각 드러내면 곧잘 '영락없는 요즘 애'로 분류된다.

비효율적인 의사결정, 공정하지 못한 성과 측정, 개인의 영역을 문득 침해하는 사람들을 만날 때 나는 참지 않아야 직성이 풀린다. 스스로 뛰어나게 트렌디하다고 생각한 적은 없으나, 무의식중에 한 일이 알고 보니 MZ세대의 시류와 영합할 때, 나는 또래와 감각을 공유한다. 자본주의 키즈로서 숨 쉬는 것처럼 체화한 '금융 감각', 박정희식 근면성실함과는 궤를 달리하는 새벽 모닝 루틴 만들기, 요가와 명상의 습관화, 기후 위기와 동물권에 대한 관심, 번듯한 직장을 잘 다니면서도 부캐 생활에 대한 수그러들지 않는 갈망 등등. 나 혼자, 세상의 질서에 녹아들지 못하는 '별종'인 줄 알고 끙끙 앓은 날이 많았다. 그러나 주변 사람들과 이야기를 나누다보면 다들 비슷한 고민을 하고 있음을 알게 돼 반가움이 앞선다. "야, 너두?"

이 책을 통해 '이해할 수 없는 요즘 애들'로 분류되는 MZ세대를 대변할 생각은 없다. 개별의 집합인 세대를 한 번에 설명할 기량도 되지 않거니와, 나 스스로 '세대 대표성'을 지닌다고 생각하지 않는 데다, 그러한 시도가 가능하다고 생각하지도 않는다.

다만 7년 차 기자로서 나름 축적해온 경험, 그리고 사회 현상을 바라보는 직관을 토대로 내가 속한 연령대 사람들의 행동을 생활 에세이라는 사적 글쓰기 형식으로 풀어보고자 노력했다. 개인 경험을 토대로 전개하되, 기저에 깔려 있는 세대 정서를 이끌어내고자 했다. 명쾌하게 MZ세대와 이들이 바라보는 한국 사회를 정의 내리지는 않는다. 다만 삶의 면면에서 포착되는 '요즘 것들'의 공통 정서를 끌어내고자 했다.

가장 피하고자 한 것은 '대상화'다. '우리'의 범주 밖의 사람들이 '우리'를 이러쿵저러쿵 비평하는 것에 대한 일종의 반박으로 이 책을 쓸 용기를 냈기 때문이다. 동시에 앞서 밝힌 나의 작은 '꼰대성'은, 어쩌면 내가 속한 세대를 조금 더 객관적으로 비평할 수 있는 장점이 되길 바라면서 썼다. 궁극적으로 나와 같은 세대에게는 공감을 불러일으키는 에세이로, 다른 세대에게는 곧 사회활동을 가장 활발하게 할 MZ세대를 이해하는 실마리로 읽혔으면 좋겠다. 하나의 콘텐츠로 두 마리 토끼를 잡으려는 실용주의, 참 '요즘 애들'다운 발상인 듯 싶다.

한국일보라는 권위 있고 정통적인 언론에서 기자로 훈련받은 점이 책을 쓰는 데 큰 자양분이 됐다. 한국일보라는 토양이 있어, 1인분의 몫을 겨우 하는 기자로 성장할 수 있음에 늘 감사드린다. 이 책을 통해 많은 동료가 세대 구분 없이 서로를 이해하게 된다면 더할 나위 없이 좋겠다. 이에 더해 가끔 눈동자에 '혈기'가 이글거리는 나에게 세상과 조화하는 덕목을 상기시켜주시는 김혜영 선배에게 특별히 감사의 마음을 전하고 싶다.

하필이면 '1989년 무렵' 엄마가 열 달 품어 낳아준 덕에, 이렇게 MZ세대에 대한 통찰을 담은 책을 쓸 기회를 얻었다. 유일한 가족인 엄마, 그리고 이 세상에서 '나'를 잃지 않고 살게

해주는 귀중한 존재인 고양이 참깨, 소금과 책 쓴 보람을 함께 나누고 싶다.

2021년 6월

지난한 코로나19 터널의 한가운데서

이혜미

차례

1부 우리가 생각하는 미덕

새벽에 일어나
종이 신문을 봅니다

사방에서 알람이 요란하게 울린다. 눈을 뜨나 감으나 적막만이 가득하다. 휴대전화와 인공지능 스피커에 설정해둔 매일의 기상 시각은 새벽 5시 전후. 여름이고 겨울이고 할 것 없이 동이 트지 않은 이 시각에 나는 하루를 시작한다.

덮은 듯 안 덮은 듯 아늑한 극세사 이불은, 새벽이면 괜히 더 포근하게 느껴진다. 분연히 잠기운을 떨치며 일어나려는 나의 발목을 잡고 마는 제1의 용의자다. 제2의 용의자는 우리 집 고양이들이다. 어쩜 그렇게 기가 막히게 따뜻한 곳을 찾아내고 마는지, 이불 속 겨드랑이 사이와 가랑이 사이에 한 마리씩 똬리를 틀어 자고 있는 모습을 보면 침대에서의 1분 1초가 아쉬울 지경이다. 하는 수 없이 몸을 살짝 뒤척여 나의 기상을 고양이들에게 알린다. 기척에 예민한 고양이들은 금세 침대에서 폴짝 뛰어내려 기지개를 켠다.

"찹, 찹, 찹."

'젤리'라는 별명으로 불릴 만큼 섬세하고 연약한 고양이의 발바닥이 바닥 장판과 닿는 야무진 마찰음이 하루의 시작을 알린다. 아침이구나.

침대 주위에 상비한 인공누액을 한 방울씩 넣어 가볍게 눈을 깜빡깜빡 움직인다. 소리를 인지하는 고막에서부터 안구에 이르기까지, 구석구석 몸의 근육이 수면 상태에서 벗어날 준비가 되었을 때, 항상 머리맡에 두는 리모컨을 눌러 조명을 켠다. 고요하고 캄캄한 상태에 적응한 신체가 갑작스럽게 각성하지 않기 위함이다. 불을 켜자 나도 고양이도 시린 눈에 미간을 찌푸린다.

몸을 일으켜 아침을 맞이하기까지 걸리는 시간은 약 3분. 한 치의 오차도 개입할 수 없도록 나름 '공정화'한 루틴이다.

가장 먼저 하는 일은 '공복에 유산균 먹기'. 한 알을 날름 삼키고는 다이어리를 펼쳐 '습관 만들기Habit Maker'에 체크 표시를 한다. 리스트를 작성할 수 있도록 칸이 그어져 있고 위에서부터 차례로 '잠재 습관'을 적어나간다. 다이어리 한쪽 끄트

머리에 붙은 종이를 접었다 펼쳤다 하면서 캘린더 구석 빈칸에 매일의 실행 여부를 표시한다.

비장한 의식인 듯하지만, 실상 내용은 별게 없다. '나쁜 음식 안 먹기' '물 2리터 이상 마시기' '명상하기' '독서 한 줄이라도 하기' '아침 종이 신문 읽기' '식염수로 코 세척하기' '영양제 챙겨 먹기' '고양이와 놀아주기' '로봇 청소기 돌리기' 등이다. 대단할 것 없는 습관이지만, 이 작은 조각들이 모여 나라는 사람을 구성한다. 하루쯤 어겨도 되는 사소한 습관들이 쌓여서 일상을 조금 더 건강하게, 충만하게, 단정하게 만든다. 다음 달부터는 '기상 후 침대 정리하기'도 포함할까 싶다. 뱀의 허물처럼 아무렇게나 널브러진 이불 더미 속에 고양이가 숨어 있는지도 모르고 화들짝 놀란 게 하루 이틀이 아니기 때문이다.

아이러니하지만 애초에 달성을 기대하지 않고 겨냥한 목표도 꽤 된다. '전화 영어·중국어 하기' '1일 1운동' 같은 벅찬 습관이 열흘 넘게 공란 상태로 남겨져 있는 데서, 나는 나의 인간적인 면모를 확인한다. '그래, 나도 어쩔 수 없는 사람이었어…….'

엑스x 표시를 하지 못하고 넘어가는 이유는 대체로 폭신한 이불을 벗어나지 못했기 때문이다. 그래도 자책하지 않는다. 그저 '나의 하루를 정돈하며 살아내고 있다'는 의식意識적인 의식儀式, ritual만으로 스스로가 더욱 단단해짐을 느낀다. 특히 기자라는 직업 때문에 매 순간 발생하는 뉴스를 따라가는 데만도 두뇌를 풀가동하는 일이 잦다. 매일 긴장을 높이는 마감 노동으로 아슬아슬하게 정신을 부여잡는 나로서는, 이 같은 리추얼이 일상을 무너지지 않게 하는 '코어 근육' 역할을 한다.

요새 부쩍 '습관 만들기'에 진심인 이들을 자주 본다. 출근과 퇴근이라는 일종의 '의식'이 인위적으로 삶의 구획을 일과 집으로 나눴던 예전과 달리, 코로나19로 재택근무가 늘어나고 생활의 경계가 형해화돼서일까. 어떻게든 의식적으로 삶을 가꿔가려는 사람들의 고군분투가 습관이나 루틴 만들기로 발현되는 장면을 종종 목격한다.

이러한 시류를 시장이 놓칠 리 없다. 대형 서점 문구 코너만 가도 '습관 만들기'를 상업화한 상품들이 즐비하다. '100일 동안 습관 만들기'를 기록하는 디자인 캘린더나, 잘 지켰는지 여부를 체크하기 위한 '습관 스티커'는 매대의 꽤 중요한 위치를 점하고 있다. 하루에 몇 컵의 물을 마셨는지 음수량을 체크하기 위해 물컵 모양이 그려진 포스트잇, 뭉친 어깨와 등 근육을 풀어주는 스트레칭 횟수를 기록하는 메모지까지 온라인에서 구매할 수 있다. 굳이 이런 것까지 기록하는 이유는 간단하다. 코로나19로 단조로워진 일상 속에서 거창하진 않아도 작은 성취와 재미를 만들어낼 수 있기 때문이다.

더 나아가 어떤 스타트업은 루틴 관리를 위한 애플리케이션을 출시했다. 돈을 걸어 스스로의 챌린지를 만들어 도전한 뒤, 매일매일의 인증과 성공 여부에 따라 참가비를 돌려받는 식이다. IT 대기업인 카카오마저 실천보증금을 걸고 모르는 사람들과 함께 100일 동안 습관 만들기를 해나가도록 돕는 '카카오프로젝트100' 서비스를 론칭했다. 올해가 될지, 내년일지, 아니면 향후 몇 년은 답보 상태일지 모르는 막막한 날들을 하루하루 지워나가는 기분으로, '건강한 습관 만들기'에 뛰어드는 이들을 겨냥한 서비스다.

내가 올해부터 실천 중인 하루의 첫 루틴은 '새벽 기상'이다. 오전 5시로 고정했던 기상 시각을 설날 이후부터 오전 4시 30분으로 조금 앞당겼다. '나와의 약속'이라는 느슨한 구속력에 빈번히 패배하는 바람에 짜낸 고육지책이었다. 혼자보다 여럿이라면 더 나을까. 음성 기반 SNS인 '클럽하우스'를 이용해 일찍 일어나 자신만의 시간을 확보하는 사람들끼리 '온라인 모닝 루틴 모임'을 시작했다.

전기주전자로 따뜻한 호박팥차를 끓여 잔에 담은 뒤, 파자마 차림 그대로 책상 앞에 앉는다. 노트북으로 은은한 재즈 음악을 틀고 조간신문을 훑는다. 간밤에 통신사가 보도한 새로운 소식을 보면서 뉴스거리를 살핀다. 5시 정각이 되면 '클럽하우스'에 방을 개설한 뒤, 일찍 기상한 사람들과 함께 하루를 시작하는 일종의 '챌린지'다. 이제는 거의 매일 온라인으로 만나 '새벽 기상 습관'을 함께 다지면서 미묘한 동지의식까지 생겼다. 생전 만나지 못한 타인이지만 '5시의 전사들'이라는 이름 아래 매일 존재를 확인하다보니 어쩌다 나타나지 않으면 내심 걱정될 정도로 끈끈해졌다.

나는 업을 살려 아침을 여는 동지들을 위해 조간신문 브리핑을 진행하고 있다. 아침이라 잠긴 목소리가 고스란히 전달되지 않기 위해 "음음" 하는 소리를 내며 목을 가다듬는다.

"여러분, 좋은 아침이에요. 벌써 금요일이네요. 다들 이번 한 주 어떻게 보내셨나요? 점점 하루가 길어지고 있지만, 여전히 봄의 초입이어서 아침에 눈을 뜨면 어둑어둑합니다."

책상 용도를 겸하는 원목 식탁에 앉아 에어팟을 귀에 꽂은 뒤 습관처럼 인사를 건넨다. 차 한 대 지나가지 않는 적막 속에 조용히 읊조린다. 5시 정각이 지나자 아침을 일찍 시작하는 이들이 차례로 방에 입장한다. 한 사람 한 사람의 이름을 불러주며 기운을 북돋는다. 상대에 대해 알 수 있는 것은 고작 그 사람의 이름과 사진, 프로필에서 유추할 수 있는 직업과 좌우명 같은 작은 조각들이지만, 겨울과 봄 두 계절 내내 아침을 함께 열면서 말로 표현 못 할 동지의 감정을 갖게 됐다.

"새벽 5시에 혼자 일어나 무언가에 몰입하고 있으면 사실

굉장히 외롭죠. 그래도 여러분이 함께 있어서 저도 다시 잠들고 싶다는 유혹을 뿌리친 채, 책상 앞에 앉아 하루를 맞이합니다. 먼저 오늘 아침 신문에 담긴 뉴스 그리고 간밤에 있었던 속보를 간추려서 설명 드릴게요."

보이지 않는 음성 네트워크로 이어진 사람들은 클럽하우스에서 통용되는 문법인 '마이크를 껐다 켰다' 하는 동작으로 반가움을 표시한다. 뉴스를 읽고, 오늘 하루의 일정을 나누고, 최근에 생긴 좋은 일들을 함께 축하하며, 코로나 시대의 '느슨한 연결'을 맘껏 탐닉한다. 매일 아침 서로의 존재를 확인하는 데 익숙해진 이들은, 아침을 여는 뉴스를 읽고 바뀐 자신의 생각이나 평소 고민들을 나누는 데에도 거리낌이 없다. 어찌 보면 늘 똑같은 루틴일 뿐인데도 모두가 기꺼이 서로의 아침을 축복하며 하루를 시작한다.

"좋은 아침 보내세요" "오늘도 감사했습니다", 제각기 인사가 끝나면 비로소 나도 잠이 달아나 개운하게 하루를 시작하게 된다. 오전 5시 20분, 비로소 내가 정말 하고 싶은 일을 할 차례다.

"일상의 삶에서 힘들이지 않고 기계적으로 행동하는 부분

이 많아질수록 정신의 힘이 본래의 역할에서 해방된다. 사사건건 망설이며 어떤 것도 습관적으로 행하지 못하는 사람만큼 불쌍한 사람은 없다."•

지난 연말 독서를 하다가 가슴에 콕 박힌 문장이다. 창조적 분야에서 위대한 업적을 이룬 이들의 '하루 습관'을 집대성한 책 『리추얼』에서 엿볼 수 있는 철학자 윌리엄 제임스의 일상에 대한 태도다.

과연 그런 것이, 잠에 쫓겨 '10분만'을 속으로 되뇌며 분 단위로 맞춘 알람을 차례로 끄면서 기상도 질질 끌던 때, 나는 늘 자책했다. 이렇게 단호하게 일어나지 못할 거면 새벽 수영 강습반은 왜 등록했나 머리를 벽에 찧으며 괴로워한 날이 수두룩했다. '오늘은 밖에 비가 오니까' 등등 억지 이유를 갖다 대며 끝끝내 침대를 택했을 때, 당장 2시간은 더 잘 수 있을지 몰라도 막상 늦잠을 자고 나면 열패감에 사로잡혔다. 강습비가 아까웠다. 무엇보다 의지박약인 나에 대한 혐오 감정도 스멀스멀 생겨났다. '제시간에 깨지 않고 다시 자는 것'은 제때 일어나는 것보다 오히려 더 큰 에너지를 필요로 한다. 비몽사몽인 와중에도 나름의 명분을 머릿속으로 찾아내 '하려는 의지'를 스스로 꺾어야 하기 때문이다. 하지만 매일 새벽 다른

• 메이슨 커리, 『리추얼』, 강주헌 옮김, 책읽는수요일, 2014, 135~136쪽.

사람들과 의기투합해 아침을 열고 서로의 하루를 축복하면서 더 이상 보이지 않는 내적 갈등으로 에너지를 낭비하지 않는다. 매 순간이 긍정적인 기운으로 가득하다.

어떤 이들은 렘수면 상태일 시각, 오늘도 나는 새벽 4시 30분에 눈을 뜬다. 더 이상 아침에 일어날지 말지, 신문을 읽을지 말지, 운동을 하러 갈지 말지 일말의 고민도 않고 지체없이 행동한다. 마치 자동화된 기계처럼 나의 겉과 속의 근육을 채우는 일과를 아침에 모두 수행하고 나면 어느덧 9시. 어느 때보다 상쾌한 마음으로, 나의 일을 향해 '딥 다이브'할 시간이다.

박정희식 '근면성실'과 MZ세대의 '미라클 모닝'

바야흐로 '미라클 모닝' 열풍이다. 유튜브에서 '미라클 모닝'을 실천하는 업로더들의 일상을 그린 브이로그를 심심찮게 볼 수 있다. 인스타그램에서 해시태그 '#미라클모닝'을 표시한 게시물은 누적 30만 개가 넘었다. 광화문의 대형 서점 한복판에는 '나를 바꾸는 아침의 기적'이라는 판촉물이 붙은 매대까지 등장해 '미라클 모닝' 관련 도서들이 진열되어 있기도 했다.

"지금 세상에서 가장 성공한 사람들은 매일 아침, 이 책을 펼친다!"

"아침잠은 인생에서 가장 큰 지출!"

"당신의 하루를 바꾸는 기적 아침, 6분이면 충분하다!"

띠지와 표지에 적힌 어마어마한 문구를 보면서 순간 내가 매일 아침 행하는 기상 루틴도, 다른 이들에겐 이렇게 보이는 건 아닐지 고민에 빠졌다.

요즘 들어 '미라클 모닝' 열풍이 부는 배경에는 동명의 책 할 엘로드의 『미라클 모닝』의 메가히트 붐이 자리하고 있다. 책에 따르면, 무척 이른 기상을 하지 않더라도 평소보다 6분 일찍 일어나 '명상, 자기 긍정 확언, 운동, 하루 일정 시각화, 독서, 일기 쓰기'와 같은 일을 하면 무려 '인생이 바뀐다'고 한다. 그 책을 읽지 않은 나는 나만의 방식으로 아침 루틴을 꾸렸다. 설사 읽었다 할지라도, 선구자가 전파하는 '정해진 틀'을 그대로 따르기보다 융통성 있게 적용하고 싶다. 온라인에 '미라클 모닝' 기록을 남기는 이들도 기본 뼈대만 차용하고 나름의 방식으로 변용하는 듯했다. 대체로 새벽 4~6시에 일어나 자신에게 가장 의미 있는 일을 고요하게 수행한다.

나는 '미라클 모닝'이라는 단어 자체가 내포하고 있는 '근면 성실'의 뉘앙스를 선호하진 않는다. '성공 신화'로 점철된 전형적인 자기계발 서사는 필연적으로 스스로를 착취하게 만들고, 가뜩이나 텐션 높은 사회를 더 과로하게 만들기 때문이다. 어릴 때에도 나는 '내가 자는 동안에 친구는 공부하고 있다'는 식의 비교를 앞세운 구호는 질색이었다. 내 친구가 공부하고 있으면 뭐? 나는 지금 자고 공부하고 싶을 때 하면 되는 거지. "젊을 때 고생은 사서 한다!" "인생은 부단히 담금질하는 쇳물 같은 것"이라는 표현도 썩 내키지 않는다. 기계도 평생 전력질주하지 못한다. 마지막 순간에 웃기 위해서는 전심을 다할 순간과 한 걸음 물러서 여유를 가질 때를 분별하는 능력이 더욱 중요하다. 그래서 클럽하우스에서 정기적으로 방을 운영하면서도 '미라클 모닝'이라는 유행어를 곧이곧대로 받아들이기보다 '모닝 루틴'이라는 말로 바꿔 사용했다.

처음 새벽 5시 기상 프로젝트를 진행하겠다고 SNS에 공표했을 때, 주변 반응은 한마디로 '뜨악'이었다. 신기했던 건 '세대별'로 반응이 무척 달랐다는 점이다. 또래들은 "사실 나도 요새 미라클 모닝 하고 있다"는 응원과 지지를 보냈다. 이미 인스타그램 부계정을 만들어 자신의 루틴을 기록하는 친구도 있었다. 반면, 주로 기성세대로 분류되는 지인들은 충격이 이만저만이 아닌 듯했다. "늙으면 자연스럽게 덜 자게 되는데 왜 벌써부터 그러냐"는 반응은 귀여운 핀잔에 속했다. 직설적으로 표현하지는 않았지만, 행간 곳곳에 '쟤는 왜 유별나게 저런 짓을 사서 하지' 하는 의문이 둥둥 떠다녔다. '가뜩이나 다들 힘들게 사는데 아침마저 부지런 떠는 분위기 만들지 말자'라는 책망의 시선도 은연중에 느껴졌다.

요약하자면 "요즘 애들은 당최 이해할 수 없다"였다.

타인의 반응을 크게 마음에 담아두는 편은 아니지만, 나와 같은 세대로 묶이지 않는 사람들의 시선에 묘한 이질감을 느꼈다. '아침에 일어나 다른 사람들과 종이 신문 소식을 나누겠다'는 나의 선언이, 일종의 '박정희식 근면성실'로 비치곤 했다는 점이 그렇다. 내가 오전 5시 기상을 실천하는 것은, 나 이외의 누군가를 '앞지르거나' '따돌리려는' 것이 아니다. 종종 내가 나로 존재하지 않을 것을 요구하는 유해한 환경과 거리를 두면서 내면을 들여다보는 데 집중하기 위한 것인데, 그러한 고민의 결을 더 자세히 설명했어야 했던 걸까. 이런 마음을 먹기까지의 생각들은 좀처럼 전달되지 않는 듯했다.

MZ세대의 '미라클 모닝'에 묘한 거부감을 보이는 이들은 2000년대에 반짝 유행한 '아침형 인간'의 연장으로 이 현상을 보고 있었다. 2003년 일본 의사 사이쇼 히로시가 쓴 이 자기계발서는 "아침을 일찍 시작해야 성공할 수 있다"고 줄곧 주창한다. 이때 방점은 '하루의 연장'에 찍힌다. 휴식과 수면의 시간을 최대한 줄여 생산할 수 있는 시간으로 전환해야 한다는 게 골자다. 그래서 각종 언론 보도나 칼럼은 MZ세대 사이에서 유행하는 '미라클 모닝' 열풍을 코로나19 팬데믹과 불황기를 넘기 위해 젊은이들이 '뒤처져서는 안 된다는 위기감'을 갖게 된 데 기인한다고 분석한다. 흐름을 놓치거나 소외되는 것에 대한 불안, 즉 포모증후군FOMO, Fear Of Missing Out의 일환으로 보는 것이다. 그러니까 '존재의 불안'에 내몰린 유약한 세대가 큰 틀의 불합리한 구조는 전복할 길이 없고, 체제에 순응하며 몸값을 높이는 데 주력한다는 '자기계발의 신화'의 반복이다. 얼핏 보기엔 동의할 법하지만, 아침 기상을 실천하는 이들의 내면을 십분 통찰하지 못한 피상적인 접근이다.

MZ세대 사이의 '미라클 모닝' '주식투자' 열풍 등을 '자기계발'이라는 납작한 단어로 치환하는 것에 동의하지 않는다. 이들이 새벽에 일어나 인센스 스틱에 불을 붙여 명상과 요가를 하고, 시간을 쪼개 경제 유튜브를 보는 건, 단순히 자본주의적 근면성실함을 체득하기 위한 게 아니기 때문이다.

'참 신기한 요즘 애들'로 분류되는 몇몇 행동 양식이 내게는 종종 절규 섞인 고군분투로 느껴진다. 기성세대가 꽉 틀어쥐고 놓지 않는 권력. 경제적으로도, 사회 지위적으로도, 계급적으로도 통로가 막혀버린 우리. 구조적으로 활로를 찾을 길이 없다면, 지금 이 순간만이라도 단단하게 꾸려나가겠다는 다짐으로 읽힌다. 기존 질서가 요구하는 '평범성'과 '정상성'에 나를 끼워 맞춰 살지 않겠다는 단호한 목소리. 혹은 으레 주변 사람들이 요구하는 온갖 역할론에 휩쓸리지 않고 삶의 주체성을 회복하기 위한 선언이라고 해석하면 과한 걸까.

우리는 아침에 눈을 뜨는 순간부터 자아가 깎여나간다. 잠들기 전에는 바깥에서 채 지키지 못한 자아 부스러기를 주워 담으며 수치심과 치욕 같은 부정적 감정의 덩어리를 겨우 꼭꼭 씹어 소화시킨다. 사회(회사)는 사회 초년생(주니어 직원)에게 온갖 규율과 덕목을 요구하는 공간이다. 그 덕목은 하나같이 개인의 영역을 침범하거나 상호 모순되는 것들이라 "이건 아니지 않느냐"고 반박하고 싶은 것투성이다. 물론 목구멍이 포도청이라 못내 삼킨 말만으로도 배가 부를 지경이지만. 옷을 단정하게 입을 것, 늘 패기가 넘칠 것, 그러면서 윗사람에겐 깍듯하고 예의 바를 것. 모르는 일은 물어가며 진행해야 하지만, 또 물어보면 "이것도 모르냐"는 핀잔 앞에 갈피를 못 잡는 일상. 행실이 튀면 입방아에 오르고, 존재감이 없으면 무능력자로 간주되는 하루하루. 그렇게 출근할 때마다 세상이 요구하는 틀에 납작 자신을 끼워 맞췄다가, 귀가 후 한 꺼풀씩 바깥의 먼지를 벗겨내는 날이 여러 해 반복되다보면 어느새 거울에 비치는 나, 무척 낯선 타인의 모습을 하고 있다. '나는 누구지? 나 왜 이러고 살지? 나는 원래 무엇을 잘하고 좋아했지?' 거울에 물어도 답은 돌아오지 않는다.

'온전히 나 자신으로 머물기 위한 시간을 확보하는 것.'

오늘날 내 또래가 변주하며 응용하고 있는 모닝 루틴은 실상 이 같은 정언명령을 내면화하고 있다. 그 어떤 사회적 요구에도 휩쓸리지 않고, 삶의 주체성을 확보할 수 있는 시간. 아무도 나의 영역을 침해하지 않는 시간. 내가 일상 속에서 가장 소중하다고 생각하는 것을 실천하고, 내면을 가다듬고, 세상의 미친 속도에 맞출 필요 없이 배우고 싶었던 것들을 시도해보는 시간. 이런 마음들을 '자기계발'이라는 상투적이고 빈약한 단어는 조금도 담지 못한다.

소비

모든 종류의 낭비를 거부한다

쓰레기를 만들지 않는다, 프리사이클링

유튜브에서 갓 지은 쌀밥에 간장게장을 얹어 한입 가득 삼키는 먹방을 보면서, 김이 폴폴 나는 흰쌀밥의 맛을 상상해본다. 너무나 따뜻하고 차진 쌀밥. 입안에 은은하게 감도는 단맛을 생각만 했을 뿐인데 침이 고인다.

고故 박완서 작가의 소설 속 전쟁 통에 굶주리는 주인공도 아닌데 백미 밥의 맛을 머릿속으로 그리며 그리워하는 건, 기실 결핍이 아닌 선택의 문제다. 나는 온갖 좋은 품종의 쌀을 정성스레 물에 불려 안쳐도 왜인지 평범한 밥으로 만들어버리는 3만 원짜리 전기밥솥을 무려 10년째 쓰고 있다.

대학교 3학년 때쯤 동네 마트에서 급하게 산 전기밥솥이다.

쿠쿠나 쿠첸 같은 브랜드 있는 밥솥을 살 돈도 없었고, 돈을 마련하기까지 끼니를 굶을 수도 없었기에 되는대로 구매한 것이었다. 하얀 바탕에 1980년대 중산층 가정에서 좋아했을 법한 연약한 꽃무늬가 그려진 디자인이다. 버튼은 단 하나. 딸깍이는 돌출형 레버를 내리면 취사 기능. '퉁' 하는 소리가 들리면 보온 모드로 바뀐다. 그러나 그 기능은 너무나 형편없어서 정말로 '온도를 유지하는保溫' 기능에만 충실하다. 보온 모드로 바뀐 뒤 서너 시간이 지나면 밥은 말린 누룽지 색깔로 누렇게 변하고 표면부터 딱딱해지기 시작한다. 그렇기 때문에 밥을 미리 지어놓고 밥솥에 세월아 네월아 보관하면서 허기가 질 때 언제든 퍼 먹는 건 호사다. 갓 지은 밥을 채 식기 전에 유리로 된 용기에 한 끼씩 소분해 냉동실에 얼려 먹는 습관을 들인 지 벌써 10년이 넘었다. 냉장고도 20평대 아파트에 어울리지 않는 260리터 자취생 원룸용이다. 얼린 밥을 채워만 넣어도 냉동실 공간은 꽉 찬다. 집을 방문한 친구들은 늘 내게 묻는다. "왜 이사하면서 냉장고는 새로 안 샀어?"

사회생활 7년 차에 이른 나의 경제력을 거드름 한술 얹어 해명하자면, 유명 브랜드의 대가족용 밥솥도 충분히 살 여력이 있다. 어디 그뿐인가. 그런 럭셔리한 밥솥과 어울리는 널찍한 주방, 그리고 필요만 하다면 밥솥만을 위한 원목 조리대도 마련할 수 있다. 그리고 이 허세는 냉장고에도 적용 가능한 것이다.

그러나 오래된 밥솥(혹은 냉장고)을 교체하지 않고 수고를 이어가는 데에는 나름의 이유가 있다. 일단 한번 세상에 나온 물건은 수명을 다할 때까지 쓰자는 게 삶의 모토이기 때문이다. '리사이클링recycling(재활용)'과 '업사이클링upcycling(새활용)'만도 훌륭한 생활습관이긴 하지만, 사전에 쓰레기를 줄이는 '프리사이클링precycling'만큼 효과적이진 않다. 고장이 나지 않은 밥솥을 단순히 밥맛이 떨어진다는 이유로 버리고 새로운 것을 사면, 상점 진열대의 빈자리를 채우기 위해 공장은 다른 밥솥을 하나 더 찍어내게 된다. 굳이 필요하지 않은 자원 낭비를 그저 '질렸다' '기능상 만족하지 못한다'는 이유로 행하고 싶지 않다.

밥맛이 너무 없지 않냐고? 미식을 좋아해 '혜미슐랭'이라는 별명으로 불리는 나지만 집에서 '밥맛'이 좋아봤자 큰 이점이 없다는 생각이다. (물론 이것은 멀쩡한 밥솥을 버리지 않기 위한 나의 정신 승리에 가깝다.) 우선 밥맛이 좋다는 것은 결국 도정을 많이 해 까끌까끌함은 사라지지만 영양분도 줄고, 입안에 넣자마자 아밀라아제가 당분을 분해해 달짝지근한 맛이 사르르 감돌아 반찬을 몇 번 더 집어먹게 되는 것을 의미할 텐데, 과연 그것이 건강에 좋다고 단언할 수 있을까.

나는 꽤 오랫동안 100퍼센트 현미밥을 하루 정도 물에 불린 뒤에 밥솥에 안쳐 해 먹어왔다. 거친 맛이지만, 오히려 밥맛이 없어 건강을 되찾았다. 우선 한 끼에 먹는 탄수화물의 양이 줄었다. 밥을 줄이니 자연스럽게 제육볶음이니 돈가스니 하는 과잉 조리법으로 만든 반찬을 즐기지 않게 됐다. 오히려 소고기 등심에 살짝 소금을 친 구이, 닭가슴살과 양파에 올리브유를 두른 뒤 에어프라이어에 익힌 간단한 식단이 '밥맛' 잃은 나의 식탁의 단골 메뉴가 됐다. 쓰레기도 만들지 않고, 돈도 아끼고, 건강도 유지하게 만드는 밥솥의 이점!

요즘 우리 삶은 '과잉'이다. 밥이 과하게 맛있으니, 곁들여 먹을 반찬의 양념이나 가짓수가 늘어나고, 버리는 음식물 쓰레기도 배가된다. 그런 데다 캡사이신이니 불닭소스니 치즈 폭탄이니 하는 먹방으로 생긴 유행 때문에 더 자극적이고 강한 맛에 길들여지지 않았나. 가끔은 생활 속에서 그저 그런 밥을 견디는 인내심이 필요하다. 고물 밥솥이 내게 주는 교훈이다.

"햇반 같은 레토르트나 밥을 직접 지어서 얼려 먹는 거나 똑같지 않아요? 어차피 냉동고 들어가면 다 똑같은데."

쌀밥 하면 생각나는 과거 에피소드다. 여러 해 전 소개팅에서 만난 남자는 해맑게 웃으며 이렇게 말했다. 세상에서 일어나는 일에 조금도 의심하지 않는다는 표정으로. 상대와 나 모두 독립 생계를 꾸려가는 30대였다. 살짝 귀여움으로도 볼 수 있는 천진난만함이었지만 어쩐지 나는 조금도 내키지 않았다.

물론 식품업계가 여기서 진지하게 "저희 제품은 방부제가 조금도 들어 있지 않으며, 최고급 품종으로 만들어졌습니다"라고 반박할지도 모르겠다. 식품업계는 이 같은 레토르트 밥에 ①보존제가 들어가지 않았으며 ②여러 품종 중 테스트를 거쳐 선발된 좋은 쌀을 사용하며 ③가열할 때 환경호르몬이 나오지 않는다고 주장한다. 그리고 이것은 충분히 과학적이라고 생각한다.

다만 나는 기본적으로 기업이 마케팅을 위해 구사하는 언어를 100퍼센트 신뢰하지는 않는 편이다. 그렇다고 모든 것이 거짓이라고 생각하지도 않지만 말이다. 아무리 과학적으로 레토르트 밥이 완벽한 제품이라 할지라도, 나는 6개월 동안 실온에서 보존 가능하고 3분 만에 따끈따끈한 갓 지은 밥 형태가 되는 것을 주식으로 먹고 싶진 않다. 대학생활 MT 때가 아니고서야 레토르트 밥을 한 번도 자발적으로 구비하지 않은 이유다. 게다가 한 끼 밥을 먹을 때마다 발생하는 비닐 뚜껑과 플라스틱 용기라니. 이 얼마나 낭비인가. 심지어 그 플라스틱 용기는 여러 플라스틱이 혼합된 형태인 '아더OTHER'로 분류돼 재활용도 되지 않는다고 한다!

'레토르트 밥'과 '직접 지은 얼린 밥'이 본질적으로 같은 것 아니냐는 게으른 사유, 하루 한 끼만 먹어도 일주일이면 7개 나 되는 플라스틱 쓰레기를 만들어내면서 자연에 죄책감을 느끼지 못하는 무심한 언어. 삶과 살림에 대한 사소한 태도 한 가지만 보더라도 알 수 있다. 한 사람이 생활에 얼마나 진지하게 임하고 있는지 엿볼 수 있다는 사실을.

나는 앞으로도 과잉에 저항하고 낭비를 거부하며 살 것이다. 그것이 좋은 날 태어나 시대의 풍요를 맘껏 누려온 것에 대한 작은 환원이라고 믿는다.

내가 펑펑 쓰는 것,
더 이상 쓰지 않는 것

나는 모든 종류의 낭비를 거부한다. 시간, 돈, 에너지, 생각, 움직임, 공간 등 모든 측면에서의 낭비 말이다. 쓸데없는 곳에 허투루 내 자원을 할애하는 것만큼 유쾌하지 않은 일도 없다. 문명 이래 가장 풍요로운 시기를 보냈기에 더 이상 '과소비'나 '사치'로 허영을 채우지 않는다. 내게 '낭비나 소비하지 않는 것'은 세계를 지탱하는 미덕이다.

20대에는 취향도 줏대도 없이 세상이 원하는 대로 나를 끼워 맞춰 살았다. 낭비한 것이 수두룩했는데, 그중 지금의 자산으로 남은 것은 없다. 온라인 커뮤니티에서 유행만 하면 어울리는지 살피지도 않고 우르르 몰려가서 샀던 온갖 '유명템(유명한 아이템의 준말)'들. 세상이 요구하는 미적 기준에 맞추느라 등록했던 운동 시설 등록비와 몸매 관리 미용 비용 등등. 원하지 않은 것이었기에 마지못해 발걸음했고, 당연히 그 효과조차 좋지 못했던 영어와 자기계발에 쏟아부은 사교육비 등등.

2010년대 초반, 여성들 사이에서 '케이프(망토) 스타일'의 코트가 유행한 적이 있다. 길거리 대부분의 여성이 망토에서 손만 빼꼼 내민 채로 걸어다녔다. 이 유행이 얼마나 갈지 구분할 눈썰미가 없던 나는 간도 크게 백화점에서 40만 원짜리 망토를 사 입었고, 그 일은 그해를 마지막으로 일어나지 않았다. 1년밖에 지나지 않았는데 이듬해 아무도 망토를 입지 않았다. 울과 캐시미어 혼방 고급 소재로 만들어진 그 코트는 멀쩡한 상태로 옷장 속에서 먼지만 쌓이다 얼마 전 10년 만에 '아름다운 가게'에 기부됐다.

30대가 되어서일까. 아니면 코로나19를 거치며 '진짜 나'에 대해 탐닉할 기회가 생겨서일까. 예전보다 나는 나를 제대로 알게 된 기분이다. 내가 잘하는 것은 무엇인지, 그래서 100만 원이고 200만 원이고 아끼지 않고 써야 할 곳은 어디인지, 반면 누가 공짜로 준다고 해도 받지 말아야 할, 그러니까 내게 효용이 '제로'인 물건은 무엇인지.

상당수의 사람들은 눈에 보이는 것만을 측정의 지표로 삼곤 하지만, 나는 오히려 눈에 보이지 않는 무형의 자원이 일상을 살아가는 데 더 중요하다는 주의다. 그런 무형의 자원을 아껴야 삶에서 새어나가는 낭비가 없다. 해결할 수 없는 인간관계를 두고 끙끙 앓느니, 아예 빌미를 만들지 않거나 적당한 상황에서 거리를 두는 편이다. 일을 하고 내가 성장해나가는 데 있어서 불필요한 '에너지'를 소비하게 만들기 때문이다. 정말 필요하지 않은 물건이라면 선물을 받더라도 굳이 집 안의 '공간'을 차지하게 만들지 않는다. 물건을 이고 지고 사는 데 나의 귀중한 공간을 내어줄 순 없다. 그래도 쓰레기를 만들 순 없어 '당근마켓' 같은 중고 거래를 애용한다. 재택근무로 집의 중요성이 커지면서 더 확신하게 됐다. 만일 10평짜리 원룸에 월세 50만 원을 주고 산다면, 1평은 매달 5만 원의 가치로 환산된다. 그 5만 원의 공간은 가장 소중한 물건만 놓고 살기에도 부족하다. 나라면 그 자리에 좀비가 급습해도 1년은 버틸 수 있는 양의 레토르트 식품이나 입지도 않는 철 지난 옷을 쌓아두기보다 공기를 정화하고 관상에도 좋은 푸릇푸릇한 몬스테라 화분을 하나 둘 것 같다. 혹은 아예 아무것도 두지 않고 '비움의 미학'을 즐기든가.

인간관계에서도 비슷한 철학이 적용된다. 기자로 살다보니 휴대전화 연락처에는 언제 등록했는지도 가물가물한 이름이

한가득이다. 도합 3500명 가운데 진짜 만나서 밥 한 끼라도 한 사람은 얼마나 되는지조차 모호하다. 직업 때문에 정리가 가능해 보이지도 않다. 그래서 선택한 방법은 개인용 휴대전화 개통하기. 휴대전화로 일과 삶을 떼어놓으려는 시도인데 후배 중에도 이런 이들이 드물지 않게 있는 걸 보면 나의 유난만으로 치부될 장면은 아니지 싶다.

10명 정도밖에 등록되지 않은 아주 사적인 휴대전화를 알뜰폰 통신사를 이용해 개통했다. 매일 퇴근과 동시에 공적인 휴대전화는 들여다보지 않고, 최대한 개인용 휴대전화만 사용한다. 자연스럽게 일과 삶의 분리가 이뤄졌고, 업무 시간 외에도 사람들과 연결돼 사회적 자아를 유지해야 하는 부담이 사라졌다. 코로나19 이전에는 '이렇게 살아도' 되는 줄 몰랐다. 바깥을 쏘다니느라 정신없이 바빴기 때문이다. 어쩌면 정부 방역 조치가 아닌 삶의 양식으로서 '사회적 거리두기'는 유례없는 전염병 국면에서 나 자신을 들여다보며 앞으로도 실천할 통찰일지 모르겠다.

돈을 물 쓰듯 펑펑 쓰는 유일한 분야가 있다면 바로 '경험'이다. 물건은 내가 될 수 없지만, 경험에 투자한 것은 고스란히 나의 일부가 된다. 한 달 가용 예산을 10으로 두자면 8 정도를 경험에, 나머지를 소유에 소비한다. 여행, 운동, 치료, 체험, 독서에는 결코 돈을 아끼지 않는다. 넉넉하지 못했던 집안 형편으로 인해 공교육에 만족해야 했던 어린 시절. 배우고 싶었던 것을 못 배운 게 한이 되어서일까. 돈을 벌기 시작한 이후, 무언가 해보는 데에는 시간과 비용을 따지지 않는다. 하루라도 빨리 배우는 게 이득이라는 생각에서다. 학창 시절 9등급까지 매겨지는 성적표에서 꽤 자주 8등급을 받았던 체육마저 이제는 즐거운 취미가 됐다.

본격적으로 돈을 벌기 전 20대의 내가 할 수 있었던 운동은 오로지 요가뿐이었다. 6평 남짓 원룸에서도 매트 하나와 노트북 화면만 있으면 운동을 할 수 있었다. 원시 수렵 채집인은 따로 운동을 하지 않아도 멋진 잔근육을 가질 수 있었지만, 현대인은 돈과 시간을 투자해야만 한다. 헬스클럽 등록은 커녕 월세나 밀리지 않으면 다행인 날들이었다. 퍼스널 트레이닝을 받거나 비싼 운동을 하지 못했던 나는 볕들지 않는 서늘한 원룸에서 요가 매트를 펴고 '수리야 나마스카라(태양경배자세)'를 하곤 했다. 태양을 볼 수 없는 태양경배자세였다.

이제 나는 매일 아침 6시, 격일로 수영과 요가를 한다. 팬데믹 시기, 간헐적 출퇴근을 제외하고는 거의 유일한 외출이다. 코로나19 상황이 무척 심각해 휴관할 때를 제외하곤 꾸준히 운동에 시간과 돈을 투자한다. 해외여행 길이 막히자 과거에 '접대 스포츠'로 여겨져 진입장벽이 높았던 골프가 젊은 세대

사이 야외 스포츠로 각광받고 있다. 일찍 시작한 친구들의 성화에 나 역시 올해 3월부터 골프 레슨을 받기 시작했다. 전생에 운동하지 못해 죽은 사람인 양 몸을 움직이고 땀을 흘리면서 살아 있다는 느낌을 받는다. 코로나19로 활동에 제약이 생기고 대부분의 취미생활이 막힌 지금, 인위적으로라도 배움의 길을 열고 성취를 만들면서 삶의 의미를 만들어간다.

누군가 내게 '혼자 사는 여성이 존엄하게 살기 위해 필요한 것은 코어 근육과 통장 잔고'라 일러준 적이 있다. 꾸역꾸역 운동 가방을 챙길 때마다 되새기는 명언이다. 태어날 때부터 주어지는 것으로 여겨졌던 건강은, 30대 들어 꼬박 붙들고 있어야 하는 것임을 깨달았기 때문이다. 뭐든 하려면, 그리고 잘 하려면 체력이 기본이다.

남들은 일어나지 않는 새벽이라는 시간도 이런 마음가짐에 큰 도움이 된다. 첫차로 출근하는 몇몇 사람을 제외하고는 텅 빈 지하철, 그 가운데 요가복을 챙겨 입은 나는 적당히 안전한 기분이 든다. 전염병 창궐 이후 다른 사람이 불안 요소가 된 오늘날, '새벽'은 너무 붐비지 않는 도시에서 개인 공간을 충분히 확보할 수 있는 유일한 시간이기 때문이다.

물론 코로나19 상황에서 나는 안전과 건강을 확보하기 위해 과거보다 더 많은 비용을 지불해야 한다. 수영의 경우 소규모 인원만 강습하는 사설 수영장에 다니고 있다. 코로나 확산 추이를 살피며 유연하게 출석한다. 요가는 선생님의 개인 공간에서 일대일로 수련한다. 골프 역시 개인 레슨을 받는다. 사람이 군집하는 것에 대한 두려움이 훨씬 커졌기 때문에 집단 시설은 엄두도 내지 못했다. 이런 식으로 프라이빗하게 운동을 하면 비용은 두세 배 비싸다. 매달 생활비의 커다란 부분을 차지하지만, 그 기간에 거의 100퍼센트 줄어든 화장품과 의복 값을 대신하는 셈치면 감당하지 못할 정도는 아니다. 밖에서 사람을 만나기 위해 들이는 네트워크 비용이 줄어든 덕도 컸다. 코로나 이전에는 화장품, 의복, 외식 등 '보이는 나'에 자원을 쏟아 부었다면, 이제는 '있는 그대로의 나'가 온전히 만족하는 곳에 돈을 쓰기 시작했다. 나에게 투자하는 것의 보람과 효용을 알게 해준 것도 아이러니하게 코로나19가 계기가 된 셈이다.

많은 사람이 코로나19로 고통을 겪고 있는 가운데 내가 쓰는 근육 하나하나에 집중하는 시간을 보낼 때면, 유례없는 시기에 '지나친 호사'를 누리고 있는 것 아닌가 불편한 마음이 드는 것도 사실이다. 하지만 몇 달이면 끝날 것 같았던 팬데믹이 어느덧 해를 넘기고도 진행 중이며, 우리 모두는 통제되는 와중에도 자율적인 삶을 지켜나가야 한다. 극단적 봉쇄 상황이 아닌 이상 누군가는 지속적으로 소비하며 공동체의 풍경을 유지해야 할 것이다. 그렇게 까탈스럽고 예민하게 나 자신을 지켜가면서, 코로나19 이후에 도래할 세상을 건강하게 맞이할 준비를 해야 한다. 우리의 삶은 계속되어야 하기 때문이다.

공평한 건 '시간'밖에 없어서

주말이면 소파에 앉아 하염없이 리모컨을 만지작거린다. 스크린엔 스마트TV와 연동된 넷플릭스의 초기 화면이 둥둥 떠 있다. 일주일 중 가장 진지한 시간, 넷플릭스에서 어떤 영화·드라마를 볼지 결정하는 순간이다. 뭘 볼지 둘러보기만 하고 끝끝내 결정을 내리지 못하는 경우도 곧잘 있다. 이렇게 망설이는 이유는 단 하나, '실패해서는 안 된다'는 강박 때문이다.

온갖 종류의 실패가 곧 경험이 된다는 주의지만, 어쩐지 넷플릭스 고르기에 있어서는 실패에 관대해질 수가 없다. 무엇보다 '나의 시간'을 낭비하는 기분이 무척 싫다. 가장 편한 자세로 몸을 늘어뜨리고 넷플릭스를 보는 시간은 '일주일 중 가장 귀중한 순간'이다. 그때만큼은 회사 사람들의 연락에서도, 밀린 업무 걱정에서도, 가족들의 간섭에서도 자유로울 수 있다.

그런데 만약 이런 '리프레시'의 시간에 고른 영화가 몹시 지루해, 좀 쑤시며 버텨야 하는 경험이었다면? 드라마는 상황이 더 나쁘다. 초반에 훅 들어오는 재미에 끌려 '시즌 정주행'을 시작해, 무려 시즌 3까지 엄청난 시간을 투입해 섭렵했지만 도무지 납득되지 않는 시시한 결말로 끝난다면? 낭패를 떠나 불쾌한 마음이 내내 들어, 남은 주말마저 모조리 망치고 말 것이다.

가뜩이나 '작고 소중한' 휴일을 허비할 순 없다. 넷플릭스나 왓챠에서 콘텐츠 정주행을 시작하기로 마음먹은 뒤 뭘 볼지 고민하는 데만 30분. 결국 이번 주말에도 아무것도 시작하지 못했다. 시간을 낭비할 수 없다는 생각 때문에 시간을 낭비하고 마는 아이러니한 상황이지만, 그렇다 해도 재미없는 것을 보느라 시간을 쓰는 일만큼은 정말로 피하고 싶다. 나만 이런 것은 아닌지 '넷플릭스 증후군'이라는 신조어도 생겨났다. 방대한 볼거리 앞에서 결정을 쉽사리 못 내리고 몇 시간 동안 예고편만 보다가 결국 콘텐츠를 선택하지 못하거나 정주행을 시작해도 쉽게 집중하지 못하는 것을 의미한다고 한다.

"언니, 나는 유튜브에서 요약본 보고 대충 재미가 보장되는 영화인 것 같으면, '찜하기'로 표시해둬요."

"영화 요약본을 본다고?"

'걸어다니는 MZ'라는 수식어가 찰떡같이 어울리는 친한 동생이 알려준 방법은 무척이나 신통방통했다. 미리 유튜브에서 영화나 드라마 줄거리를 10분 남짓으로 요약한 콘텐츠를 보고 정주행 여부를 결정한다는 것이었다. 단순히 줄거리를 설명하는 것을 넘어, 스포일러와 결말까지 포함하는데도 조회수가 100만에 육박한 '영화 압축' 영상이 꽤 된다. 일일이 평점을 검색해가며 오랜 시간을 들여 볼 작품을 선택하는 '밀레니얼 세대'인 나와 'Z세대' 동생 사이에 엄청난 협곡이 놓여 있음을 절감한 순간이다.

"결말을 다 알게 되는 건데 그래도 손이 가?"

"네, 일단 재미는 보장된 거잖아요. 오히려 요약본을 보고 나면 그 영화가 더 보고 싶어져요. 더 자세히 서사를 느껴보고 싶다는 마음이랄까요. 내가 영화를 선택했는데, 그게 재미가 없으면 내 2시간을 낭비하는 건데, 일종의 실패하지 않기 위한 보증인 거죠."

유튜브에서 검색하면 시즌 여러 개에 해당되는 드라마를 30분 만에 설명해주는 영상, 「어벤저스」 등 히어로물 영화 스무 편 이상을 섭렵해야 이해할 수 있는 마블의 등장인물과 세계관을 20분 안에 압축 요약하는 영상을 쉽게 찾을 수 있다.

누군가는 지금까지 본 이야기를 '복습'하기 위해 이런 요약 콘텐츠를 찾고, 누군가는 자신의 취향과 잘 맞을지 미리 견주어 보기 위해 스포일러를 기꺼이 감수한다. 또 다른 누군가는, 정말로 전체 콘텐츠를 감상할 시간이 없어서 오로지 요약본만을 소비할지도 모른다. 나의 시간은 조금도 허투루 보낼 수 없는 희소한 자산이기 때문에 그 어떤 실패도 용납 불가하다는 악전고투가 읽힌다.

우리는 도서관에서 우연히 마주친 문학작품에 푹 빠져 인생이 송두리째 흔들리는 경험을 다시 해볼 수 있을까. 어릴 적 비디오 대여점에서 '껍데기'만 보고 빌린 영화가 예상외로 재밌어 마치 보물을 찾은 것 같은 기분을 또 한 번 느낄 수 있을까. 베짱이처럼 여행지를 유유자적 헤매다 삶의 깨달음이나 창작의 영감을 얻는 에피소드를 건너건너 들을 수 있을까. 효율성이 지배한 사고회로 속 시간마저 '아껴 쓰는 자산'이 되어버린 생에서 이런 낭만을 기대하고 이야기하는 건 보기 어려운 광경이 됐다. 언제부터 우리는 망망대해 같은 상상의 바다를 자유롭게 유영하는 법을 잊어버린 걸까. 아니, 여전히 그렇게 마음껏 헤엄쳐도 무방하나, 그조차 '낭비'라 생각돼 애써 시도하지 않는 것일지도 모르겠다.

모든 인간은 24시간을 부여받는다. 자산 불평등이 정점을 찍은 지금, 부모에게 많은 부를 물려받지도 않았고 그렇다고 과거 세대처럼 많은 기회가 열려 있지도 않은 우리에게 있어 공평한 건 '시간'밖에 없다. 유일하게 공정한 것이다. 누구에게나 동등한 기회다. 그렇다면 어떻게 쓸 것인가? 가진 건 몸뚱이, 아니 시간밖에 없어서 그것이라도 살뜰하게 '시테크(시간+재테크)'를 할 수밖에 없다는 염세적인 결론에 매번 닿고 만다.

생활 속
제로웨이스트

빨래 세제 대신 천연 세제 역할을 하는 열매 '소프넛'을 사용한 지 여러 달이 되었다. 호두보다 작지만 단단한 열매를 손에 몇 알 넣고 굴리다보면 시큼하면서도 오묘한 향이 난다. 무환자나무 열매인 소프넛은 '비누열매'라고도 불린다. 열매껍질에 사포닌 성분이 풍부해 거품이 이는데, 빨래 말고도 설거지, 바디워시, 청소 등 다양한 용도에서 세정 효과를 얻을 수 있다. 냄비에 물과 소프넛을 넣고 팔팔 끓여 액상 세제를 만들어 사용하는 살림꾼들도 있지만, 1인 가구에게는 여간 번거로운 일이 아닐 수 없다. 나는 빳빳한 순면 주머니에 열매를 몇 알 넣고 빨래더미와 함께 세탁기를 돌리는 식으로 사용하고 있다.

'세제를 담는 플라스틱 용기가 너무 많이 생기잖아!' '옷에 합성세제 잔여물이 남는 것 같아 찜찜하다!' 같은 명징한 이끌림에 소프넛 생활을 시작한 건 아니다. 나의 지향점과 라이프스타일을 전반적으로 되돌아봤을 때, 합성세제보다는 조금 더 친환경적인 방법을 꾀하고 싶었고 그때 알게 된 것이 소프넛이었다. 누가 소개해준 것도, 유튜브의 앞 광고를 본 것도 아니었다. 그저 자연스럽게 알게 된 새로운 문물이었다. 그 철학에 동의만 한다면야 낯선 것을 실생활에 적용해보는 건 그리 어려운 일이 아니다. 써본다고 돈 잃는 것도 아닌데. 더군다나 무수한 브랜드 중 할인 행사를 하거나, 1+1 프로모션을 하는 세제를 샅샅이 뒤지고 비교해보는 스트레스에서 벗어난 점도 내게 해방감을 주는 요소다.

무엇보다 '자연으로 돌아간다'는 속성이 꼭 마음에 든다. 쓰레기를 만들지 않는다는 '제로웨이스트' 상품을 판매하는 온라인 쇼핑몰에서는 주로 크라프트 종이봉투에 소프넛을 곱게 담아 보내주는데, 이 과정에서 불필요한 플라스틱이나 비닐을 처리할 일이 발생하지 않는다. 대여섯 차례 세탁물과 함께 돌린 소프넛은, 그 자체로 자연 퇴비가 되기 때문에 빻아서 화분 흙더미 위에 뿌린다. 그러지 않더라도 자연의 열매이기 때문에 일반 쓰레기로 배출할 때 양심의 가책이 덜하다.

처음에는 면 생리대를 빨 요량으로 소프넛을 샀다. 3년 전부터 나는 일회용 생리대 대신 면 생리대를 종류별로 구매해 사용하고 있다. 페미니즘이 대중화되고 자신의 신체에 대한 관심이 늘어나면서 여성들은 천편일률적인 생리용품 대신 나의 철학과 몸에 가장 적확한 방식을 찾아가기 시작했다.

그중 내가 가장 중요하게 생각한 것은 '환경'이었다. 하루 평균 생리대를 5개씩 쓰며 일주일 동안 생리를 하고, 13세부터 50세까지 37년 동안 생리 기간이 되돌아오는 것을 감안하면 한 명의 여성이 평생 쓰는 생리대의 개수는 1만5540개에 달한다.

비용도 비용이지만 생리대의 성분에 주목했다. 합성섬유로 만들어진 생리대는 그 자체로 썩지 않는 폐기물이다. 거기다가 흡수를 좋게 하기 위해 여러 화학약품까지 사용하니 당연히 환경에 좋을 리 없지만 '생리' 자체의 언급을 꺼리는 사회에서 '생리대'가 유발하는 환경오염 효과는 상대적으로 덜 조명되어온 것이 현실이다. 살면서 지구에 흔적 할퀼 일이 얼마나 많은데, 매 생리 기간을 죄책감 느끼며 보내고 싶지 않아 선택한 것이었다. 매번 생리대를 빨아야 하는 것이 번거롭긴 하지만 여러 해를 거듭하며 생활습관으로 굳어졌다.

생리대를 수십 년 동안 여성들에게 팔아온 제조업체들조차 요즘 들어 TV 광고에 생리혈을 '붉은색'으로 표현하게 됐을 정도로 그동안 우리 사회의 '생리 엄숙주의'는 얼마나 심했던가.

생리를 생리라 부르지 못하고 '마법' '그것' '그날' 같은 우회적 표현을 사용해가며 월경 담론을 퇴보시키면서도 꼬박꼬박 비싼 값을 받아가는 제조업체에, '소비하지 않음으로써' 반격하고 싶다는 생각도 없지 않아 있었다.

면 생리대로 생리용품을 모두 바꾼 것은 어렵지 않았지만, 세척이 문제였다. 몸에 좋고 환경에도 좋다는 취지로 구비한 면 생리대. 생리혈을 후처리하는 과정에서 합성세제를 들입다 붓는다면 애초의 좋은 취지는 무색해지기 마련이다. 잔류 합성세제는 신체에도 좋지 않다. 나는 환경을 생각해 과산화수소와 과탄산소다로 1차 표백을 한 뒤, 소프넛으로 2차 빨래를 한다. 지구에 나라는 인간이 살았다는 것을 후대에 조금 덜 알리기 위한 방법이다.

자취생들의 필수 용품이라는 '물티슈'도 사용하지 않는다. '티슈'라는 명명으로 그 원료의 유해함을 일부 가리고 있지만, 물티슈는 엄연한 플라스틱이다. 물을 머금고 있기 위한 재질이 플라스틱으로 되어 있는 데다, 방부제를 포함하고 있어 환경에 좋지 않은 건 자명한 사실이다. 1인 가구와 갓난아기가 있는 집에서는 '필수품'이라 불릴 정도로 보편화되어 있으나, 편리함은 반드시 공해를 수반한다. 나는 물티슈 대신에 100퍼센트 천연 면 소재로 된 소창 원단으로 만들어진 행주를 사용하고, 목재 펄프 화장지 대신 대나무로 만든 화장지를 사용한다.

화장지는 새하얗고 부드러운 느낌이 아니며 조금 더 비싸기까지 하지만, 화학 성분이 없는 데다 '우리나라에 나무 몇 그루를 심는 것'과도 같은 효과라는 카피가 마음에 들었다. 특히 형광증백제나 인공 향료 등 구태여 가까이 두지 않아도 될 화학물질과 결별할 수 있다는 점이 기꺼웠다.

주방세제 대신 친환경 주방 비누를 들였더니, 하나의 비누로 더러워진 그릇뿐 아니라 먹는 과일이나 채소도 함께 씻을 수 있어 일거양득이다. 솔직한 말로 세정력은 화학 제품만 못하다. 특히 기름진 음식을 먹은 뒤 접시를 여러 번 씻어도 표면에 미끈하게 남는 이물감을 완벽하게 제거하기란 쉽지 않다. 이런 순간에 봉착하면 나는 '설거지 비누'보다는 '기름진 음식'을 포기하는 편이다. 몸에도, 환경에도 좋은 결정이다. '제로웨이스트' 생활을 이어갈수록 생활의 군더더기와 매 순간의 기름기가 줄어 삶이 담백해지는 기분이다.

1.5리터 생수 플라스틱 용기도 더 이상 우리 집에서 볼 수 없는 물건이다. 10년가량 자취생활을 이어오면서 물은 언제나 '사 먹는 것'이었다. 24개 묶음을 결제하면 이튿날 집 앞에 생수병 탑이 차곡차곡 쌓여 넉넉한 마음이 들곤 했다. 손가락 하나 까딱하지 않아도, 아니 결제를 위해 딱 손가락 하나만 까딱해도 깨끗한 물을 마실 수 있는 이 간편한 세상이여! 그러나 물을 마시는 찰나만 간편할 뿐, 사실 이 같은 생활이 간

편과는 거리가 멀다는 것을 알게 된 지는 얼마 되지 않았다.

우선 24개의 생수 용기는 부피를 꽤 차지한다. 다용도실이 있는 집이라면 모를까, 주로 8평 남짓 원룸에서 생활하는 자취 인구에겐 이마저 짐이다. 게다가 분리수거는 또 어떤가. 생수병 라벨 비닐을 하나씩 벗겨 분리수거 지정일에 양손 가득 비닐봉지에 든 찌그러트린 생수 용기를 버리고 있노라면 어차피 이 통 안에 들었던 물은 잠깐 내 몸에서 순환한 뒤 몇 시간 지나지 않아 화장실 양변기로 흘러갔을 텐데, 우리 집에 물 그 자체가 체류한 시간보다 플라스틱 용기가 더 오래 머문다는 생각에 미치게 된다.

그래서 선택한 것은 '브리타 정수기'다. 여과용 필터를 장착한 뒤 수돗물을 받아 정수해 먹는 시스템이다. 3리터 정도 되는 커다란 주전자를 싱크대 위에 두고, 아침에 일어나서 물을 가득 채워둔다. 쪼로록 물이 여과되어 정수된 물이 모이면 컵에 따라 한 모금 마셔본다. 물맛에 과하게 예민한 사람이 아니고서야 생수와의 차이를 느끼지 못할 정도다. 애초에 서울의 수돗물인 아리수는 '마셔도 된다'고 알려져 있으니, 브리타 정수기를 이용해 한 번 더 여과한 물을 그냥 마시지 못할 이유가 없다.

조금씩 생활을 차지하는 물건들을 제로웨이스트 상품으로 대체하는 과정에서 아직 어려움을 겪고 있는 건 바로 '일회용 비닐'이다. 고양이 배설물을 처리하기 위해 매일매일 비닐봉지를 쓸 수밖에 없는데, 비닐백 제조사가 '친환경'이라는 라벨을 내세우고 식물성 바이오매스 합성수지로 제조했다고 광고하는 상품을 사용하고 있다. 물론 기존 상품보다 두 배는 더 비싸지만, 다른 곳에서 아끼면 감당 못 할 것도 아니다.

내가 사는 아파트 단지는 일주일에 한 번 지정일에 분리수거를 하기 때문에 대형 비닐봉지에 재활용 쓰레기를 모아둘 수밖에 없다. 이를 위해 친환경 비닐을 인터넷에서 따로 구매해 사용하고 있다. 물론 여러 보도에서 이러한 생분해성 비닐은 특정 조건하에서 친환경적이라 오히려 재활용 공정을 더 복잡하게 만든다거나, 소각되는 환경에서는 별 효과가 없다는 지적을 하고 있지만 이렇게라도 해야 마음이 그나마 편안해진다. 얼른 환경부가 명확하고 구체적인 지침을 대중에게 알렸으면 좋겠다.

나 혼자 고군분투하는 건 아닌가 싶어 좌절할 때도 많다. 그럴 때면 70억 인구 중 티끌 같은 존재인 나 하나 노력한다고 해서 뭐 그리 큰 변화를 이끌겠냐는 회의에 자주 사로잡힌다.

언젠가 지하철역 내 상가에서 양말을 몇 켤레 샀을 때였다. 양말은 부피를 얼마 차지하지 않아 당연히 원래 갖고 있던 가방 안에 쏙 넣을 생각이었다.

"비닐봉지 안 주셔도 돼요." 계산대에 서서 점원에게 말했다.

비닐봉지를 꺼내려다 말고 점원은 굉장히 의아한 표정으로 나를 쳐다봤다. 거기에 더해 "왜요?"라고 되물었다. 비닐봉지를 왜 거부하느냐는 순수한 의도였다. 나는 이럴 때 누군가를 책망하거나 가르치기보다 한때 경제경영서를 통해 알려진 '넛지(강압하지 않고 부드러운 개입으로 사람들이 더 좋은 선택을 할 수 있도록 유도하는 방법)'를 시도한다.

"저도 SNS에서 봤는데 요새 비닐봉지 안 쓰기가 유행이래요. 환경 문제 때문에. 코로나19 이후에 플라스틱이랑 비닐봉지 소비가 너무 늘어서 사람들이 자발적으로 안 쓰려고 하길래 저도 한번 시도해보려고요."

타인의 무신경함을 직격하는 것보다 에둘러 취지를 설명하고, 그래서 언젠가 그 사람도 비닐봉지 하나를 사용할 때 이 에피소드를 기억했으면 하는 마음에서다. 효과가 있는지 추이를 지켜볼 수는 없지만, 그래도 '제로웨이스트'를 위한 포자를 세상에 흩뿌리는 기분이 꽤 괜찮다. '세상은 안 변할 거야'라고 되뇌며 멸망을 기다리고만 있기엔 이 지구에서 살아갈 날이 너무 많이 남아 있다. 지금, 여기에서 무엇이라도 해야 한다.

환경

흔적 남기지 않고 살다 죽기

'오프라인 장 보기'의 미덕

어느 날 요가 수련을 다녀오는 길에 평소 눈여겨봤던 채소 가게에 들렀다. 코로나19 시기에 온라인 쇼핑의 활성화로 주로 오프라인 소비 사슬에서 낙오된 품목들을 팔았던 가게가 폐업한 자리였다. 어느 날 상인은 간판도 떼지 않고 박스째로 채소를 늘어놓더니 '떴다방' 형태로 영업을 시작했다.

코로나19로 버티지 못한 자영업자들이 늘어서일까. 길을 걷다보면 빈 상가에 경기를 타지 않는 물건을 펼쳐놓고 파는 임시 장터를 종종 발견하게 된다. 신발, 시계, 가방 등 물건을 팔았던 지난 흔적이 인테리어 곳곳에 남아 있다. 잠시 망한 빈틈을 놀리지 않고 기민하게 들어와 채소 박스 그대로 쌓아다가 파는 저 실용성을 보라. 심지어 이 같은 상행위는 철거와 인테리어 작업을 반복하지 않아 환경친화적이다!

나는 이런 유형의 '떴다방' 채소 가게를 무척 좋아한다. 플라스틱 '망 소쿠리'에 담긴 당근과 고구마, 토마토는 대기업 마트보다 훨씬 더 저렴하다. 내가 집착하는 건강한 식단은 생각보다 돈이 많이 든다. 요구르트, 치즈, 토마토, 고구마 등 기본적인 재료만 사도 한 번에 3만~4만 원이 훌쩍 넘는다. 이곳에서는 양배추, 양상추, 토마토 한 소쿠리씩에 고구마 반 소쿠리를 샀지만 고작 7500원을 지불했다. 게다가 소쿠리에 담겨 있는 것이 너무 많으면 절반만 사는 것도 가능하다. 1인 가구라서 양상추를 반 통만 살 수 없냐고 앓는 소리를 했더니, 가게 주인은 상태가 시들해진 한 통을 절반 가격에 팔았다. 내가 사지 않았으면 쓰레기가 될 것이었다.

1인 가구에겐 불필요한 양의 식재료를 보관하는 냉장고의 공간도, 먹다 남은 식재료를 버려야 할 때 필요한 음식물 종량제 봉투도 모두 '낭비할 수 없는 자원'이다. 게다가 불경기에 잠깐 머무를 뿐인 10평 남짓 점포에 큰 공을 들이지 않는 시크함도 멋있다. 이런 가게는 상품을 각 잡고 진열하기보다 도매시장에서 가져온 상자 그대로 펼쳐두고 박스에 굵은 유성펜으로 '대파 4000원' 이런 식으로 써두기 마련이다. 간혹 '아보카도'를 '아보카드'로 맞춤법에 안 맞게 적은 표기도 정겹다.

'딱딱이 복숭아' '물렁이 복숭아' 같은 직관적인 단어에서는 상인의 재치를 엿본다. 올바른 표기법이야 교과서에서 찾으면 될 뿐, 싱싱한 것을 팔기만 하면 그만인 채소 가게는 겉치레를 개의치 않는 당당한 분위기를 풍긴다. 그리 중요하지 않은 것은 쿨하게 제쳐두고 '사고파는' 본질에 집중하는 모습은 요즘 좀처럼 찾아보기 힘든 미덕이다.

아무리 온라인 쇼핑이 오프라인 쇼핑을 압도한다 할지라도 수박 꼭지의 상태, 아보카도의 익은 정도, 딸기의 굵은 알을 하나하나 분별하는 정성스러운 장보기를 완벽하게 대체할 수는 없다는 게 나의 주된 생각이다. 편리하게 집 앞에 도착하는 식재료보다, 눈으로 직접 확인하고 더 저렴한 채소를 필요한 만큼만 구매하려는 욕구는 항상 존재한다. 게다가 새벽 배송의 형태로 신선 식품을 받아보기 위해서 굳이 필요하지 않은 아이스팩과 온갖 포장재를 쓰는 건 또 어떤가. 생산도 낭비지만, 버리기 전까지 집에 보관해야 하는 공간 낭비, 제대로 분리수거를 하기 위해 뜯고 말리고 분류하는 데 드는 에너지와 시간 낭비를 고려하면 결코 '간편' 배송이 간편하지 않다는 것을 깨닫게 된다.

생활을 정돈하다보면 무엇 때문에 환경에 이리 진심인 건지 스스로 질문을 던지지 않을 수 없다. 그러나 나는 코란을 숭배하는 이슬람 신도처럼 아주 엄격한 규율하에 '제로웨이스트' 생활을 유지하는 건 아니다. 재활용도 어려운 플라스틱 용기가 너무 많이 발생해, 나는 올해 배달 음식을 끊었다. 하지만 직장생활을 하면서 불가피하게 음식을 배달해야 할 때는 이따금 이용한다. 대신 일회용기를 깨끗이 씻어 분리수거 한다. 최대한 텀블러와 물병을 이용하려 하지만, 여의치 않을 때는 카페에서 일회용 컵을 사용하기도 한다. 마음은 불편하지만, 엄격한 방식으로 생활을 제어하지는 않는다. 사소한 곳에서 스트레스를 받으면 이런 삶의 양식을 이어나가기 어렵다는 생각에서다. 중요한 건 지속성이다.

환경보호를 주장하는 한쪽에서는 이 같은 노력이 '미래 세대'를 위한 것이라고 외친다. 그러나 이런 생각에도 동의하지 않는다. 출산과 양육이라는 나의 재생산성에 대해 아직 뾰족한 답을 내리지 않았기에, 다음 세대를 위한 행동이라는 대의에, 피부에 닿는 듯한 공감이 형성되지 않기 때문이다. 뿐만 아니라 '우리의 자녀를 위해서라도 지구를 아껴주세요'라는 구호가 내포하는 시혜적 뉘앙스가 불편하다. 우리가 지구에 흔적을 덜 남기며 살아야 하는 이유는 미래에 있을지 없을지 모르는 자녀를 위해 좋은 환경을 '물려줘야' 하기 위함이 아니다. 지금 우리가 하는 행동 하나하나가 지구에 깊은 발자국을 남기기 때문이다.

'기후위기'는 지금, 여기의 문제다. 미래의 누군가를 위해서가 아니라. 적어도 100년 가까이 지구에 빚지고 살아가면서 민폐는 끼치지 말아야 하지 않을까.

코로나19를 계기로 우리가 향유했던 문화가 얼마나 소비향락적이었는지를 새삼 깨닫는다. 저가항공을 이용하면 10만 원도 안 되는 비용으로 중국, 일본, 심지어 동남아 국가도 저렴하게 여행할 수 있었던 과거. 캘린더의 '빨간 날'만 눈에 띄면 항공권을 예약하느라 바빴다. 내가 탄 비행기에서 배출되는 탄소가 지구에 어떤 흔적을 남기는지도 모르고 말이다. 스타일리시하게 단장하고 싶지만, 디자이너 상품을 구매할 돈이 없는 사회 초년생에게 패스트패션SPA 브랜드는 구세주나 다름없었다. 자라, H&M, 포에버21 같은 브랜드에서 '한철' 입을 옷을 사고, 유행이 지나거나 늘어나면 버리는 일이 반복됐다.

그러나 코로나19 기간에 재택근무가 늘어나면서 점점 패션업계의 이러한 전략에 속지 않게 됐다. 이제 내가 제일 중요하게 생각하는 것은 '몸에 좋은 천연 소재로 만들어졌는지' '솔기가 활동하기에 얼마나 편하고 꼼꼼하게 여며져 있는지' '올해 유행하는 디자인이 아니라 20년, 30년이 지나도 입을 수 있는 질리지 않는 디자인인지'와 같은 것이다. 만약 소재가 좋고 디자인이 클래식하다면 100만 원이 넘는 코트를 구매하는 데에도 아끼지 않는다. 20만 원짜리 외투를 여러 번 사고, 2~3년 만에 질려 옷방 한구석에 쌓아두다가 결국 버릴 바에야 고전적인 디자인을 평생 입는 것이 훨씬 더 친환경적이며 경제적이기까지 하다.

좋든 나쁘든 고도로 심화된 자본주의가 이제 '소비자본주의'의 양태를 짙게 띤다는 것이 많은 사회학자와 경제학자의 진단이다. 옳다고 생각하는 가치를 지키기 위해 무엇을 사고 무엇을 사지 않을 것인지를 결정하는 일 역시 개별 소비자가 발휘할 수 있는 영향력이 됐다. 소비자본주의 체제에서 소비와 개인을 분리하는 것은, 동굴 속에 들어가 문명을 거부하며 살지 않는 한 가능하지 않다. 소비자의 정체성을 벗어던지는 것이 불가능하다면 차라리 나는 기꺼이 지구를 위해 소비하는 소비자가 되겠다.

스머지 스틱의 연기가 남기는 것들

주말 대청소를 할 때 가장 먼저 베란다 창문을 활짝 열고 환기를 한다. 곧바로 허브 더미를 바짝 말려 짚단처럼 엮은 '스머지 스틱'에 불을 붙인다. '치익' 하는 성냥 소리, 그다음은 '타닥타닥' 말린 허브가 타는 소리. 이윽고 희뿌연 연기가 일면서 은은하고 상쾌한 향이 공간을 채운다.

불씨가 남은 스머지 스틱을 들고 문을 활짝 연 현관 앞에 바로 선다. 열어놓은 베란다 창과 마주 서자 맞바람이 시원하게 친다. 바람을 타고 현관에서 시작된 스머지 향은 재빠르게 집의 끝까지 차오른다. 집 안의 나쁜 기운을 내쫓고 좋은 에너지로 채우는 일종의 정화 의식이다.

세이지, 로즈메리 같은 허브를 말려 엮거나, '신성한 나무'라 불리는 팔로산토 나무를 적당히 조각낸 '스머지 스틱'을 태우는 것을 '스머징'이라고 한다. 몸과 마음의 치유를 위해 영험한 약초와 약재를 태워서 향과 연기를 자아내는 아메리카 원주민의 의식이, 2021년 요가와 명상 문화를 탐닉하는 많은 이의 집에서 재현되고 있다.

고요하게 내면을 들여다보는 '명상'이 유행한 것은 하루이틀 일이 아니다. 10년 전쯤부터 실리콘밸리에서 붐이 일었던 '마음챙김mindfulness'이 지식 노동을 하는 화이트칼라들의 전유물이었다면, 오늘날 명상은 아침에 일어나 물을 마시고 화장실에 가는 것처럼 도시 인구의 자연스러운 일과 중 하나가 되었다. 거창한 수행 규율이 없더라도 편안한 자리에 앉아 명상 앱과 유튜브 명상 채널을 이용해 하루를 시작하거나 정리하고, 나를 돌본다.

과거 내게 명상은 수행과 동의어였다. 혹은 더 나아가 고행苦行의 의미였는지도 모른다. 자신의 심연에 깊게 들어가 질문을 던지고, 세속에서 벗어난 채 나만의 세계를 구축하는 과정. 무언가 접근하기 어려운 느낌이 들기도 했다. 경전을 달달달 외고, 가끔은 곡기를 끊기도 하며, 템플스테이 같은 형식으로 세상과 인위적으로 단절되는 '형식'이 필요한 일.

그러나 요즘 많은 사람이 탐닉하는 명상은 그보다 더 간소

화됐다. 그저 요가 매트와 편한 옷만 있으면 된다. 해가 뜨기 전이나 잠들기 전, 공복에 요가 시퀀스를 행하며 뻣뻣하게 굳은 몸의 근육을 정리하고, 10분 남짓 명상 영상을 틀어 감정의 결을 정돈하는 것. 굳이 관련 서적을 섭렵하지 않더라도 영상 속 가이드를 따라 '나는 최선을 다했으며, 더욱 잘될 것이다'라는 식의 긍정 확언을 되뇌이다보면 나도 모르게 마음이 단단해진다.

종종 우주의 근본이 되는 소리로 여겨지는 '옴' 소리를 내며 가슴과 배 깊숙한 곳에서 공명하는 에너지를 느끼는 '옴 찬팅' 명상을 한다. 묵직하고도 청아한 울림이 공명하는 싱잉볼을 두드려 나는 소리에 맞춰 마음을 정화하는 의식도 산뜻하다. 놋그릇 같은 싱잉볼이 만들어내는 메아리가 뇌의 주름 구석구석에 낀 때를 벗겨내는 기분이 든다. 하지만 동거 고양이들이 귀를 쫑긋 세우며 이 소리를 싫어하는지라 집에서 자주 행하지는 못한다.

명상이라는 삶의 양식이 필부필부의 삶 곳곳에 스며들어서일까. 자연스레 이를 돕는 용품들도 인기다. 향과 연기를 통해 명상을 돕는 인센스 스틱이나 스머지 스틱이 집에 두는 필수품이 된 것도 이해 못 할 바는 아니다. 자신의 체질에 맞는 아로마 에센셜 오일도 한두 가지쯤 수납장에 자리한 집이 늘고 있다. 얼마 전 예능 프로그램 「나 혼자 산다」에 출연한 아이돌

가수가 이 같은 요법을 소개해 더 화제가 되기도 했다. 아로마테라피는 호흡기, 디톡스, 정신 집중 등 자신이 원하는 효능을 가진 에센셜 오일을 손에 비빈 뒤 농축된 향을 들이마시는 식의 치유 요법이다. 식용 오일은 물에 타서 마시기도 한다. 수천 년 전 고대부터 사용된 민간요법 중 하나다.

명상, 요가, 웰니스, 셀프 치유, 정신 수련, 마음챙김. 요즘 부쩍 부상한 이런 키워드가 내포하는 사회적 맥락은 무얼까. 대부분 '경쟁이 극심한 사회'에서 자신을 잃지 않기 위한 노력이라는 편의적 해석을 덧붙인다.

나는 조금 다른 해석을 제시하고 싶다. 2017, 2018년부터 국내에 알려지기 시작한 마인드풀니스는 코로나19를 계기로 수많은 이의 삶에 스며들었다. 다만 보편적 일상에 녹아드는 데에는 3년이라는 '시차'가 있었다. 일상의 고단함이나 스트레스, 괴로움을 '극복'하기 위해 애쓰는 마음이 모여 오늘날의 명상 붐을 일으켰다기엔 시간의 단차를 매끄럽게 설명하지 못한다. 보편적 유행 확산의 초입에는 코로나19라는 미증유의 사건이 있었다. 나는 오히려 코로나19가 기폭제가 되어 자신의 내면을 중시하는 새로운 삶의 패러다임을 제시했고, 그에 부합하는 명상 라이프스타일이 확산된 것이라는 데 무게를 싣고 싶다.

'요즘 애들'이 과학보다 맹신하는 사람 분류법인 MBTI로 구분하자면 ENTJ인 나의 기질은 '계획과 추진력을 몰아치는 파워 불도저'로 요약된다. 그간 나의 시선은 항상 외부의 기준을 충족시키는 데로만 향했다. 대학 입시, 스펙 쌓기, 취업 등의 과업으로 점철된 20대에는 더욱 그랬다. '나는 누구인가' '인생은 무엇인가'라는 질문을 스스로에게 던지는 것도 사치로 여겼다. 시나 소설 같은 문학에는 선뜻 손이 가지 않았다. 감상에 젖는 것은 시간 낭비 같았다. 시사상식, 사회과학, 인문서 등 당장 학교 수업이나 기자로 취직하는 데 도움이 되는 책만 골라 읽었고, 그런 질문만 던지고 살았다. 빈곤한 사유와 가난한 문장에 매번 한계를 느끼는 기자로 자란 것이 여기서 연유했는지도 모르겠다.

사회가 제시하는 기준에 맞춰 나라는 인간상을 만들어갔다. 목표를 향해 달리느라 주변 풍경엔 눈길도 주지 않았다. 30대가 되어서야, 그것도 코로나19라는 전대미문의 시기가 도래해서야 나는 나에게 묻기 시작했다. 커리어가 안착돼서일 수도 있고, 더 이상은 하루하루 불안한 계좌 잔고를 갖고 있지 않아서일 수도 있다. 아니면 30대라는 나이 자체가 좌충우돌 20대와는 전혀 다른 궤도이기 때문인지도 모르겠다. 확실한 것은 그 중심에 코로나19라는 전환점이 있었다는 것이다.

유례없이 모두가 '잠깐 쉼'의 공통 감각을 갖게 된 지금에야 달리던 것을 멈추고 묻는다.

'나는 어떤 때에 가장 안정감을 느끼지?'

'나를 가장 불안하게 만드는 건 뭐지? 안전은 어떻게 확보할 수 있지?'

'이 외로움은 어디에서 근원하는 걸까. 연애나 결혼이 해소할 수 있는 걸까?'

어쩌면 평생 해보지 않았을 질문을 코로나19 때문에 잠시 멈춰 서서 하게 된다. 팬데믹은 모두에게 몹시 고통스러운 시기이지만, 동시에 '이 시기가 없었더라면'이라며 애써 긍정할 점을 찾아보는 이유다. 나는, 아니 우리는 올해 같은 상황이 없었다면 과연 24시간 풀가동으로 돌아가는 사회를 잠시 세울 수 있었을까. 그리고 물을 수 있었을까. '정말 어떤 삶을 살고 싶냐고, 그리고 이대로 괜찮느냐고.'

더 이상 저축을 하지 않는 이유

'이혜미님, 3월 2일 ○○카드 결제 금액 3,256,628원.'

꿈이 아니다, 실화다. 2021년 2월에 사용한 신용카드 사용액이 300만 원을 돌파했다. 웬만한 대기업에 다니는 또래 직장인의 월급과 엇비슷한 수준의 지출이다. 신용카드뿐 아니라 통장에서 빠져나가는 주택담보대출 이자, 보험료, 청약저축 이체액 등을 생각하면 영락없는 적자였다. 평소 150만 원 안팎을 썼던 것을 감안하면 너무나 큰 지출인 것은 틀림없는 사실이다. 하지만 "요즘 젊은 애들 씀씀이 하곤" 하며 혀끝을 차고 싶다면, 앞선 걱정은 잠시 덮어두시라. 악마는 디테일에 있으니까.

월급으로 모두 충당할 수 없을 정도로 신용카드를 긁은 결과를 보면서도 나는 느긋했다. 2월은 '13월의 월급'이 들어온다는 달이 아닌가. 물론 누군가는 뱉어내어 심기가 불편한 달이 되겠지만, 평소 촉각을 곤두세워 연말정산 환급을 준비했던 나로서는 월급에 120만 원을 더한 금액이 입금될 예정이었다. 이 때문에 환급에 앞서 평소 손쉽게 지출하지 못했던 것들을 큰맘 먹고 지불했다. 대표적으로 고양이 두 마리의 건강검진과 스케일링 비용으로 약 80만 원을 일시불로 결제했다.

나는 사실 평소 단 한 푼도 저축하지 않는다. 주변에 이런 얘기를 하면 "그래, 넌 아파트를 샀으니까 괜찮아" "넌 결혼 계획이 없잖아" "직장에서 잘리면 어쩌려고 그러느냐"는 반응들이 돌아온다. 아마 책을 통해 이 사실을 처음 알게 될 엄마는 까무러칠 듯 놀랄 것이다. 아무리 주택담보대출 등을 갚아나가는 신세라고 해도 어떻게 한 푼이라도 모으지 않을 수 있느냐고 등짝을 때리면서 말이다. 그러나 신용카드 지출액과 같은 맥락에서, 대책 없는 생활이라 비판하기는 이르다.

한 달에 고정적으로 나가는 비용인 약 200만 원의 내역을 간추리면 다음과 같다. 그리고 나는 월급에서 이 고정 비용을 제외하고 남은 돈으로 생활한다.

- **주택담보대출 상환** 50여 만 원(6억 원 이하의 저렴한 주택을 구매하는

국민에게 한국주택금융공사가 공급하는 고정금리 저리 대출이다. 40세 미만에 한해 초반에는 이자를 갚고 차츰 원금 상환 비율을 높여나가는 체증식 상환 방식을 선택했다. 화폐 가치 하락 국면에서 유리한 방식이라고 판단했다)

- **회사 복지기금 상환** 90만 원(집을 사며 5000만 원가량을 빌렸는데 사실상 저금이라 생각하고 갚아나간다)
- **넷플릭스 등 온갖 구독 상품** 10만 원 안팎(저널리스트이자 콘텐츠 생산자로서 필요한 투자라고 생각하며 아끼지 않는다)
- **아파트 관리비와 공과금, 통신비 등** 20만~30만 원(하절기와 동절기의 편차가 크다)
- **카카오페이로 모으는 자투리 펀드 투자와 주택청약저축 등** 20만~30만 원(자동이체 시스템으로 나도 모르는 새 빠져나가는데, 당장 빼서 쓸 용도가 아니어서 따로 저금이라고 생각하지는 않는다)

그 밖의 모든 지출은 주로 항공 마일리지와 연말정산을 고려해 신용카드로 한다. 혼자 사는 여성이어서인지 여가와 운동, 취미용품 구입에 큰돈이 휙휙 나가는 편이다. 분수에 맞지 않게 활동적이고 비싼 취미만 골라 즐기는 바람에 용품을 하나씩 구매하는 데에도 가랑이가 찢어질 것 같다. 원래부터 즐겼던 스킨스쿠버다이빙과 요가, 수영에도 소소하게 레슨과 장비 비용이 드는데, 얼마 전에 시작한 골프까지…… 이런 비용은 비상금 통장에서 야금야금 꺼내 쓴다. 어느덧 비상금 통장은 바닥을 보이기 시작했지만…….

저축을 하지 않는 이유는 간단하다. 한때 유행했던 '욜로YOLO(현재의 행복을 가장 중시하는 태도)'를 떠받들어서가 아니다. 지금의 인플레이션 속도와 시중에 풀린 유동성을 감안하면, 돈을 모으는 것이 오히려 손해라는 생각이 들어서다. 돈의 가치가 떨어지는 걸까, 돈을 제외한 것들이 희소해서 값이 뛰는 걸까. 분명한 건 두 가지가 상호작용하면서 이제 더 이상 돈은 '이고 지며 사는 것'이 아니라, 하루라도 빨리 써야 손해 보지 않는다는 것이 됐다는 점이다.

내가 첫집으로 매수했던 서울 외곽의 18평짜리 낡은 주공아파트는 4년 전만 해도 2억 원 초반대에 살 수 있었지만 이제는 5억을 주고도 못 산다. 집값이 오른 것도 있겠지만, 그만큼 돈의 가치가 떨어진 것임을 직감했다. 그렇기 때문에 요즘의 나는 30만 원의 공돈이 생기는 일이 있다면, 예금통장에 고스란히 쌓아두기보다 같은 가격의 주식 종목을 사거나 상장지수펀드ETF를 산다. 아니면 차라리 금 한 돈을 사든가. 결혼하고 출산한 지 얼마 안 된 또래 친구들은 더 이상 신생아를 위해 저축통장을 만들지 않는다. 대신 우량주나 미국 주식을 차곡차곡 쌓는다. 20년 뒤 아이의 자립을 위하여.

노후에 관심이 생기면서 연금계좌 포트폴리오도 짰다. 하루에 한 편씩은 꼬박꼬박 챙겨 보는 경제 유튜브 채널에서, '연금펀드'와 '개인퇴직연금계좌IRP'를 동시에 개설하면 700만 원까지 최대 16.5퍼센트를 매년 공제받을 수 있다고 하기에 올해 두 계좌를 모두 만들었다. 미래의 현금 가치와 지금의 현금 가치가 다르고 목돈이 묶일 수 있다는 염려에 줄곧 미뤄왔던 일이다. 그러나 서울에 아파트를 이미 마련했고 직장도 안정되어가는 지금 더는 미루지 말고 노후 준비를 시작해야겠다는 생각이 들었다.

이른 나이에도 은퇴할 가능성이 없지 않은 시대다. 혹은 산업혁명에 준하는 엄청난 지각변동으로 언젠가 디지털 노마드처럼 살 가능성도 염두에 두지 않을 수 없다. 돈을 예측 가능한 상태로 벌고 있을 때 하루빨리 노후 준비에 관심을 기울여야겠다고 생각한 이유다. 게다가 연금계좌는 ETF에 투자하며 운용할 수도 있으니, 먼 훗날 수동적으로 퇴직금이 입금되기만을 기다리기보다 적극적으로 운용하면 살뜰하게 노후를 준비할 수 있을 것 같은 마음이 들었다.

나는 또래 직장인들이 2020년 '영끌족(모든 가용자금과 대출을 끌어모아 부동산을 매수하는 이들. 특히 2030을 이르는 말)'이라는 이름으로 묶여 일간지 경제면을 도배하기 3년 전에, 별안간 충동적으로 아파트를 먼저 구매한 덕을 톡톡히 봤다. 딱히 본가로부터 탁월한 투자 감각을 전수받은 것도 아니고, 경제적 지원도 받지 않은 20대 여성이 스스로 서울의 아파트를 매수했다는 사실은 주변 모두를 놀라게 만드는 일이었다. 그때까지만 해도 '젊은 애들'은 미래를 위해 투자하기보다 소비향락적이라는 고정관념이 지배적이었다. 동물원의 원숭이 보듯 하는 시선을 받는 것이 부담스러워, 굳이 주택 소유 사실을 여기저기 알리지는 않았다. 친구들은 그때까지만 해도 "서울 도심 오피스텔 월세 생활로도 충분한데, 왜 아는 사람 하나 없는 그 먼 동네로 이사 가 고생을 자처하느냐"며 의아해했다.

그로부터 불과 4년이 지났을 뿐인데, 이제 친구들을 만나면 부동산과 주식투자 이야기만이 모든 대화를 지배한다. 연애 중인 친구들은 서로의 손을 붙잡고 '임장(부동산 매물을 보러 다니는 것) 데이트'를 다니고, 아침 출근길 친구들이 모인 카카오톡 단톡방에서는 매일같이 주식, 코인, 부동산을 이야기한다. 혹은 다들 직장 외 부수입을 화제에 올린다. 집에 남는 방 한 칸이 있는데 세를 주면 좋을지, SNS 팔로워를 획기적으로 늘려 괜찮은 상품을 떼어다가 공구(공동구매)를 여는 건 어떨지 각양각색의 아이디어가 쏟아진다. 누군가는 자전거를 타거나 혹은 뚜벅이로 배달대행 플랫폼에 등록해 시간이 날 때마다 배달 부수입을 얻는다는 팁도 전수한다. 돈을 더 벌고 싶다는 생각도 있겠지만, 코로나19로 고용 불안정성이 늘면서 최대한 자신의 시간과 노력을 팔아 수입을 극대화하려는 생존 전략인 셈이다.

나는 2020년 출간했던 책의 인세 수입이 소소한 자신감의 밑천이 됐다. '책 팔아 돈 벌 도리 없다'는 주위의 말을 익히 들은 터라, 수입의 원천으로 생각하고 쓴 책은 아니었다. 인세는 모두 더해도 몇 달 월급도 되지 않는 정도다. 다년간 베스트셀러 반열에 올라 있는 책이 아니고서야, 들인 노동력과 시간에 비해 '가성비' 좋은 투자라곤 전혀 생각하지 않는다. 하지만 이따금 잊을 만하면 선물처럼 입금되는 인세는 무척 소중하게 느껴진다. 한 달 생활비도 되지 않는 소소한 금액이지만 '돈맥경화(현금 흐름이 막힌 상태를 동맥경화에 비유하는 말)' 상태에 놓였을 때 구세주처럼 들리는 '띵동' 소리에 숨통이 트인다. 정기적 급여가 아닌 인세 수입이 주는 해방감을 느낄 때면, 왜 너도나도 남는 시간에 사이드 프로젝트(부업)를 하지 못해 안달인지 공감하게 된다.

서울대 소비트렌드분석센터는 대한민국에 자본주의 경제가 정착한 이후에 태어나, 자본주의만을 경험하고 성장하여, 자본주의 논리를 가지고 놀 줄 아는 요즘 세대를 일컬어 '자본주의 키즈'라고 명명했다.• 날 때부터 공기로 숨을 쉬듯 금융을 제도 내에서 자유롭게 활용하고, 자신이 가진 것을 운용하는 데 특화된 '자본주의 키즈'가 사회에 진출하면서 새로운 풍경을 자아내고 있다.

그러나 동시에 자본주의, 특히 신자유주의가 얼마나 인간성을 말살하는지 1990~2000년대에 유년기를 보내면서 눈으로 똑똑히 목격하기도 했다. 우여곡절 끝에 다 크고 났더니, 이제는 자라온 배경을 금수저, 흙수저 따위로 따지는 '수저계급론' 세태 앞에서 좌절했다. 신자유주의 앞에서 힘을 잃은 '인간 존엄'을 꼬집는 영화 「나, 다니엘 블레이크」와 「미안해요, 리키」를 보며 시스템의 불안전성과 각자도생의 삶에 몸서리쳤다. 그렇기에 '자본주의 키즈'라는 명명은 가장 마지막 순간까지 거부하고 싶은 것이지만, 곰곰이 나의 생활 양식을 성찰하다보면 '나도 어쩔 수 없는 자본주의 키즈였어'라며 납득할 수밖에 없는 순간이 불현듯 찾아온다. 현생現生에서 인간을 도구화하는 세상에 분노하면서도, '일단 나부터 살고 보자'라며 생존을 택하고 돈이 지배하는 세상에서 돈으로 자존을 지키기 위해 '자산 늘리기'에 열심인 모습을 용인할 때면 더 그렇다.

물질 그 자체가 오늘날의 사회에서 '힘'으로 존재하는 것은 누구도 부정할 수 없다. 다만 '요즘 애들'이 갈망하는 돈은 다른 사람을 마치 시종처럼 부리고, 경쟁의 피라미드 윗단에 올

- 「'자본주의 키즈'가 온다」, 한국일보 2021.01.16. https://www.hankookilbo.com/News/Read/A2021011510100005724

라 우월감을 과시하며 가지지 못한 이들을 내려다보기 위한 것이 아니다. 회사, 타인, 월세방 집주인, 혹은 가족 구성원 등 그 어떤 타인으로부터 나의 생각이나 영역을 침범당하지 않고, 내가 원하는 시간에 원하는 형태로 원하는 삶을 꾸려나가기 위한 '충분조건'일 뿐이다. 그러니까 내 또래에게 돈은 '나의 자율성'을 확보하는 방어적 수단인 셈이다.

새벽에는 마치 '무소유'의 태도로 명상과 요가를 하지만, 오전 9시가 되면 월가의 트레이더라도 된 것처럼 주식 프로그램을 들여다보는 모습에 누군가는 '모순'이라는 잣대를 들이댈 수도 있겠다. 하지만 판이한 두 행동의 기저에는 무척이나 간단하고 일관된 명제가 깔려 있다. 나라는 작은 존재가 도무지 어찌할 수 없는 큰 구조에 속절없이 휘둘리지 않고, 그저 나로 존재하기 위해 일상 속에서 분투할 것. 구체제를 전복하고 신체제를 세울 명분도, 의지도, 힘도 없기에 지금의 테두리 안에서 안락한 요새를 스스로 만들어내는 것. 그것이 우리가 명상과 요가를 하며 비움을 실천하면서도 동시에 물신物神을 숭배하는 까닭이다.

2부 자본주의 키즈들의 생존 방식

경제

자본주의 키즈의 반反자본주의

스물아홉 살, 서울 아파트 구매기

2017년 7월, 서울의 한 공인중개사 사무실. 손바닥에 흥건한 땀을 허벅지 위로 슥슥 닦아냈다. 폭염 속에 에어컨은 작동하고 있었으나 별 도움이 되지 못했다. 어쩌면 중요한 건 온도가 아니라 내가 처한 처지였던 것 같다. 중요한 거래를 앞두고 초연해 보이고 싶었지만 이미 얼굴 표정부터 대범하지 못한 것이 티가 났다. 1만 원도 되지 않는 플라스틱 인감도장의 가벼움과 남루함이, 나의 낮은 경제적 지위와 사회 경험의 빈곤함을 고스란히 보여주고 있었다.

부동산 사무실에서 보조 일을 하는 중년 여성이 딱한 표정을 지으며 믹스커피를 휘휘 저어 내 앞에 두었다. 가뜩이나 더

워 죽을 지경이라 입을 댈 생각이 조금도 들지 않는 데다 쿵쾅대는 심장 때문에 카페인은 더 내키지 않았다. 나는 40분째 오지 않는 매도인을 초조하게 기다리고 있었다. 집을 보러 갔던 며칠 전 잠깐 인사를 나눴을 때 봤던 집주인은 70대 정도의 남성이었다. 서울 집을 정리한 뒤 고향에 집을 짓고 살 것이라고 했다.

스물아홉. 사회 통념상 집주인보다는 세입자가 훨씬 어울리는 나이. 그러나 스물한 살에 상경한 이후로 지속되는 떠돌이 생활이 지겨웠고, 1.5층의 위험한 원룸에서 불상의 남성이 집에 침입하려던 일을 겪은 후로 매일 밤 불안에 떠는 것이 지긋지긋했다.

무엇보다 마음이 안착할 곳이 필요했다. 2017년은 부산에서의 첫 직장을 퇴사한 뒤, 서울의 신문사로 이직한 첫해였다. 적응하지 못하고 중도 낙오해 도망쳐버리지 않도록 정착시킬 공간을 확보해야 했다. 이왕이면 30년쯤 대출로 묶여 있어도 괜찮았다. 이직 후 6개월쯤 된 시점이었다. 새 직장에서는 외로웠고, 인정투쟁에 목말랐다. 마음을 일터에 꽉 매어둘 것이 필요했다. 할부나 대출 같은 강제력을 동원해서라도.

모아놓은 돈을 싹싹 긁었더니 원룸 전세금 정도를 마련할 수 있었다. 차도 중고상에 팔아버렸다. 1년 이상의 할부가 남아 있었지만, 대신 1000만 원 정도의 목돈이 손에 쥐어졌다.

꽤 높은 금리로 월급 대부분을 부었던 저축 상품을 담보로 대출을 받았다. 급한 마음에 2000년대 후반부터 부었던 주택청약저축도 깼다. 그 돈을 탈탈 털어 나는 서울의 아파트를 사기 위해 지금 공인중개사 사무실에 앉아 있는 것이다(2017년만 해도 LTV 70퍼센트까지 대출이 됐고, 서울의 집값이 지금처럼 비싸지 않아 가능했다).

약속 시간이 훨씬 지난 후에야 매도인이 거들먹거리며 들어왔다. 누군가를 한 시간 가까이 기다리게 했으면 "미안하다"는 말이 나올 법도 한데, 조금의 면구함도 표할 뜻이 없어 보였다. 보조 의자에 앉아 다리를 꼰 매도인은, 익숙한 듯 "커피 좀" 하며 한마디 내뱉었다.

"내가 이 동네 주공아파트만 원래 네 채가 있었고, 지금 파는 게 마지막이야. 그때 7단지도 갖고 있었고, 4단지도 있었지." 매도인은 있는 힘껏 허세를 부렸다.

'그래서 그 집들은 지금 다 어디 갔는데요?'라고 묻고 싶었지만, 대신 용기 내어 에누리를 시도했다. 그도 그럴 것이 매도인이 부른 가격에 거래를 하게 되면 거의 '신고가'나 다름없는 금액이었다. 평생 집을 사본 경험이 있을 리 만무했다. 홀로 나를 키우며 일생 무주택자로 살았던 엄마에게 조언을 구할 수도 없는 노릇이었다. 믿고 의지할 곳은 인터넷밖에 없었다. 여러 편의 후기에서, 집을 살 때 500만 원 정도는 협상을 하지 않으면 '호갱'이라는 말이 이어졌다. 어차피 계약서를 쓰기 전이고 밑져야 본전인 상태였다. 다만 간이 크지 못해 200만 원 정도로 운을 뗐다.

"사장님, 혹시 200만 원 정도만 빼주실 수 없을까요? 제가 사회 초년생이라 예산이 빠듯해서요."

달콤한 믹스커피를 호로록 마시던 매도인의 표정이 굳어졌다. "안 해요"라고 돌아온 짧은 응답. 그는 갑자기 커피잔을 내려놓곤 열쇠가 주렁주렁 달린 키링을 챙기며 밖으로 나가려는 시늉을 했다.

"아가씨, 그런 말을 예정에도 없이 하면 어떡해!"

매도인 측 중개사가 학을 떼면서 나를 향해 소리쳤다. 매도인은 발을 바닥에 붙인 채로, 그러나 상체만 밖으로 뛰쳐나가려는 듯한 우스꽝스러운 포즈로 발버둥쳤다. 나가겠다는 건지, 그냥 있겠다는 건지 알 수 없게 위아래가 따로 놀았다. 중개사는 큰 약점이라도 잡힌 사람처럼 그의 팔을 잡아끌었다. "아이고, 사장님. 아이고, 사장님" 앓는 소리를 해가면서.

지금에야 객관적으로 그 장면을 돌이켜볼 수 있지만, 가뜩이나 긴장한 상태에서 목격한 돌발 상황에 나도 패닉에 휩싸였다.

'내가 잘못했나? 그렇게 실례될 일을 했나? 내 주제에 무슨

집이야. 그냥 집을 사겠다는 마음을 접어버릴까? 이 거래가 어그러지면 어떻게 또 집을 구하지?'

지금처럼 자고 일어나면 집값이 올라 있거나 줄 서서 매물을 봐야 하는 그런 시기가 아니었다. 다만 그 동네는 서울 시내에 내가 가진 전 재산에 70퍼센트 대출을 받아 살 수 있는 거의 유일한 지역이었다. 내 나이보다 한 살 많은 주공아파트만이 유일한 선택지였다. 향후 전도유망한 호재가 있거나, 재건축 소식에 들썩일 수 있다는 것은 부차적인 문제였다.

20대 내내 원룸, 반지하, 하숙을 전전한 나로서는 나만큼 나이를 먹은 단지의 울창한 나무숲이 별세계 같았다. 저녁이면 이 집 저 집에서 풍겨오는 쌀밥 냄새가 따스했다. 이런 평온한 분위기 속에서 나의 30대를 맞고 싶었다. 게다가 어떻게 마음을 먹은 것인데, 지금 계약을 하지 않으면 다시 집을 사겠다는 결심에 이르지 못할 것 같았다. 이왕 칼을 뽑았으면 무라도 썰어야 하지 않겠느냐는 심정이었다. 가진 돈이 부족해 200만 원을 가계약금으로 걸었는데, 누군가에겐 푼돈일 수 있겠지만 당시의 내겐 큰돈이었다. 괜한 요구로 매몰 비용이 크겠다는 생각이 들어, 100만 원으로 낮춰서 다시 협상할 생각은 하지도 않았다.

"사장님, 아니에요. 아니에요. 죄송해요. 그냥 그대로 진행해요."

나는 황급하게 말을 주워담았다.

이 노인과 나 사이에는 40년 이상의 간극이 있다. 분명히 20~30년 전 대규모 주택 보급 계획으로 이 지역에 대단지 아파트가 만들어질 때쯤, 지금으로서는 생각도 못 할 가격에 분양을 받았을 것이다. 당시 대치동 은마아파트 31평형이 4500만 원쯤 했으니 말이다. 그것도 네 채나 소유했다는 말로 미루어 이 노인은 젊은 시절 세입자를 들여 돈을 굴리면서 재미를 쏠쏠하게 봤을 것이다. 고금리와 고성장의 훈풍을 타고 통장에는 차곡차곡 이자가 들어차니 매일 출근할 맛도 났을 것이다. 그런데 지금 새로운 인생을 여는 청년에게 고작 200만 원을 깎아주지 못해 재능 없는 연기를 선보이는 저 '어른'을 보라. 새삼 우리 사회에서 멋있게 나이 든 어른은 과연 존재하는 것인지, 젊은이에게 길을 내어주며 여유 있게 앞날을 축복하는 그런 장면은 영화에나 등장하는 것인지 궁금해졌다.

이들 눈에 새파랗게 어린 여성은 좋은 먹잇감이었으리라. 부동산 거래가 처음일 게 자명한 매수인 앞에서, 매도인 측 공인중개사는 보란 듯이 그 후로도 줄곧 매도인의 편의만 헤아렸다. 은연중에 녹아 있는 무시나 반말은 예사였다. 중도금, 잔금 액수와 이사 날짜까지 내 의사는 반영되지 않았다. '매도인이 갑이라서 그런 걸까' '매도인 측 중개사여서 그런 걸까', 아니면 '내가 어린 여자라서 그런 걸까' 등등 머릿속에서 뒤엉킨 생각은 결국 예민한 시신경을 툭 건드렸다. 제어할 새도 없이 닭똥 같은 눈물이 콸콸 쏟아졌다. 아는데, 이런 상황에서 우는 게 아무 도움도 되지 않으며, 결국 '어린 여자가 어쩌고' 하는 말로 이어질 줄 아는데, 서럽고 분한 마음에 좀처럼 감정이 다스려지지 않았다.

'두고 봐…… 두고 봐…….'

설움에 기약 없는 복수심을 불태우면서 첫 집을 매수하는 계약서에 도장을 찍었다. 휘황찬란하고 묵직한 매도인의 옥도장에 비해 가볍디가벼운 플라스틱 도장이 내 처지를 고스란히 설명했다.

그래도 2017년 여름, 나는 처음으로 '집주인'이 되는 길에 성큼 다가섰다. 난생처음 가져본 부동산 계약서를 들고 찍은 기념사진 속의 나는 쌍꺼풀이 순대마냥 퉁퉁 불어 있다.

"아가씨, 어르신이 곤란하다는데 1000만 원만 좀 어떻게 안 될까?"

전세가 역전된 건 그로부터 얼마 지나지 않아서였다. 매도인이 우는소리를 하며 현금이 부족해 고향 집 공사가 막혔다면서 잔금에서 1000만 원을 미리 달라는 것이었다. 집에 잡혀 있는 이런저런 기존 대출 때문에 중도금 없이 진행된 거래였다. 계획대로라면 나는 잔금을 치르기로 한 날 주택금융공사 대출 절차를 마무리 짓고, 등기를 이전할 예정이었다.

하루 종일 걸려오는 전화가 성가셔서 그냥 1000만 원을 이체하고 말아버릴까 하던 찰나, 또 '평생의 스승' 인터넷을 뒤져봤다. 계약서를 다시 쓰는 게 아니라면, 매도인이 원래 금액보다 1000만 원 더 받기 위해 꼼수를 쓰는 것일 수도 있다는 글들이 눈에 띄었다. 시세 급등기에 종종 나타나는 수법이라고 한다. 집값이 올랐으니 어련히 매수인이 매도인의 기분을 맞추며 부르는 금액을 더 입금하면 원만히 계약을 유지할 수 있다는 시그널이란다. '그럼 집값이 잔금 치르기 전에 급락하면, 매도인은 그만큼을 빼줄 것도 아닌데?' 싶어 분한 마음이 들었다. 무엇보다 첫 거래여서 계약서에 담기지 않은 행동은 하고 싶지 않았다.

200만 원만 빼달라는 말을 귓등으로도 듣지 않았으나, 집값이 오르자 온갖 핑계로 돈을 더 받으려는 70대 노인이 내겐 추해 보였다. 계약서를 쓰던 날에는 나를 향해 으름장을 놓던 중개사도 고분고분한 말투였다.

"아가씨가 시세보다 싸게 샀잖아. (심지어 그다지 싸지도 않았다.) 어르신 공경한다는 마음으로 1000만 원만 보내봐. 어르신이 인터넷도 못하고 그러니까 시세를 몰라서 그 가격에 내놨는데, 매일매일 사무실 찾아와서 '너무 싸게 팔았다'고 협박하고 욕해서 우리도 정말 죽을 맛이야."

시세가 올라봤자 얼마나 올랐다고 저러나 싶어 인터넷에서 호가를 검색해봤다. 집값이 급등하고 있다는 말 자체는 거짓이 아니었다. 2017년 여름을 기점으로 일주일에 1000만 원씩 호가가 높아져, 이미 내가 산 것보다 4000만 원은 올라 있었다. 그렇지만 시세보다 싸게 샀다는 말은 어불성설인 것이, 내가 샀던 주에는 우리 집이 신고가였으며 호가만 높아질 뿐 실거래가가 크게 달라지진 않았다. 200만 원도 안 깎아줄 때는 까맣게 잊고, 연신 굽실거리는 중개사의 모습에 내심 통쾌함을 느꼈다.

잔금을 치르고 이사하는 날, 매도인은 있는 힘껏 뿔이 난 상태였다. 두세 달 만에 위치가 바뀐 것이다. 이번엔 내 쪽에서 차가 밀려 40분 정도 늦게 도착했지만 그는 고분고분 기다리고 있었다.

집의 상태를 볼 여유 없이 곧장 잔금을 치르며 주택 매매의 마지막 단계에 이르렀다. 매도인 측 공인중개사에 따르면 '인터넷에 능숙하지 못해 시세 파악이 어렵다'던 매도인은 능숙하게 OTP를 꺼내 스마트폰 은행 앱으로 남은 공과금을 이체했다. 한 달 전쯤, 잠깐의 인정에 넘어가 1000만 원을 입금했다면 두고두고 억울할 뻔했다. 어쨌든 곧 내가 집주인이 될 예정이었으니 약간은 고소한 마음을 갖고 절차를 마무리 지었다.

집에 도착하니, '전前 집주인'은 분풀이라도 하듯 곳곳에 돈을 내고 스티커를 붙여야만 버릴 수 있는 대형 폐기물을 아무렇게나 내던져두었다. 몇 달 전 번갯불에 콩 볶아 먹듯 봤던 집의 상태는 생각보다 더 심각했다. 전기선을 스카치테이프로 칭칭 감아놓는가 하면, 베란다 새시는 닫히지 않아 바람이 숭숭 들어왔다.

거래가 끝난 와중에 다시 공인중개사와 입씨름할 힘이 없어, 현생에 덕을 쌓는다는 기분으로 손수 처리했다. 입주 청소를 대강 마무리 지으니 그래도 사람이 살 만한 꼴이 됐다. 며칠간은 여행용 캐리어를 옷장 삼아 지냈다. '나의 가구'를 가져본 적이 없어 한동안 돗자리를 펴고 담요를 덮고 잤다. 이불이 없어도 '내 집'은 아늑했다.

'영끌'이라는 신조어가 탄생하기도 전에 그야말로 '영끌'해서 산 집이었다. 인테리어 예산이 남아 있을 리가 없었다. 엄마와 둘이서 오래돼 틀어진 목재 문틀과 몰딩을 정성스레 페인트칠했다. 백시멘트와 타일을 직접 사서 현관 바닥과 주방 벽에 붙이고, 삭아가는 싱크대 문짝도 '컬러 시트지'로 감쪽같이 연식을 가렸다. 궁상맞았지만 그래도 좋았다. 어쨌든 쫓겨날 일 없고 마음 붙일 수 있는 내 집이었기 때문이다. 이사 이후 미리 계획했던 대로 친구가 임시 보호 중이던 버려진 어린 고양이

두 마리를 데려오면서 집은 더욱 집 같아졌다. 집을 마련했기에 고양이를 입양했는지 고양이를 입양하기 위해 집을 마련한 것인지 선후 관계는 명확하지 않지만, 엄마 잃은 아기 고양이 남매까지 입주를 완료하자 집에는 더욱 훈기가 돌았다. 드디어 나도 정착이라는 단어와 어울리는 사람이 된 것이다.

'어른답지 않은 어른'에게 조용히 복수하는 법

서점의 재테크 분야 베스트셀러에 오를 만큼 전문성이 있지도 않고, 허술하기 짝이 없는 '첫 집 구매기'를 장황하게 쓴 이유는, 바로 이 에피소드가 전체 사회에서 '나'라는 존재가 어디에 위치해 있는지, 그리고 내가 속한 세대와 세상을 먼저 살아간 선배 세대를 어떻게 바라봐야 하는지, 나아가 너무나 다른 세대들이 섞여 살면서 서로의 파이를 탐내기도 하고 공존하기도 하는 세상을 어떻게 현명하게 살아나갈지 직시할 수 있는 계기가 됐기 때문이다.

3년 뒤인 2020년 9월, 나는 그 집을 팔고 다른 집으로 이사를 가면서 1억이 훨씬 넘는 시세 차익을 거뒀다. 학창 시절 귀에 딱지가 앉도록 들었던 '숭고한 노동'이 얼마나 헛헛한 구호인지를 절감하면서. 마음은 든든하면서도 공허했다. '다들 원래 이렇게 돈을 불리는 건가?' 그동안 공교육에서 배워온 삶의 방식이 송두리째 흔들리는 듯했다.

그도 그럴 것이 몇 년 동안 아끼며 모은 돈보다 몇 곱절이나 되는 금액이 통장에 찍히게 됐다. '저금리'의 영향으로 내가 매달 이자로 지불한 금액은 30만 원 남짓이었다. 월세도 되지 않는 금액을 매달 내면서, 싱글 여성으로서는 최대 안전을 보장받을 수 있는 '아파트 마이홈' 생활을 영위했고, 통장에 9자리 숫자 목돈이 찍히는 경험이라니.

특히 통쾌한 것은 온갖 행패를 부리며 집을 팔았던 70대 매도인에게 비로소 복수했다는 점이다. 저금리와 자산 버블 흐름에 올라타 고작 3년 만에 말이다. 200만 원도 깎아주지 않으려 하면서도 꼼수로 1000만 원 더 받으려고 몸부림치던 그 할아버지의 얼굴이 머릿속에 떠올랐다. 분명 아파트 계약을 하던 그 순간에는 내가 절대적 약자였는지 모른다. 그는 수십 년간 노동을 통해 일군 부, 오랜 경제생활 가운데 자연스럽게 체화한 재테크 감각 등 나를 경륜으로 압도했다. 그리고 '젊은 여성'이라는 정체성은 내가 어떤 삶을 살아왔는지와 무관하게, 나를 협상 테이블의 한 칸 낮은 의자에 앉혔다.

그러나 마지막으로 웃은 사람은 그가 아니었다. 이 경험은 나로 하여금 '어른답지 않은 어른'에게 조용하게 복수하는 법이 무엇인지 깨닫게 했다. 저금리와 기술 격변의 시대에 우리가 그나마 갖고 있는 우월한 자원인 '시간'과 '젊음'을 레버리지 삼아, '기술 적응력'을 발휘하며 조용한 주류 전환을 이루는 것. '부모 세대보다 가난한 최초의 세대'라는 수식어를 주홍글씨처럼 달고 살았던 '요즘 애들'이 비로소 낙인을 분연히 떨칠 수 있는 방법이었다.

우리 세대는 윗세대가 독점한 부와 권력을 쟁취하며 주류로서 한 단계 올라설 수 있을까? '어른답지 않은 어른'을 볼 때면, 어른들이 너무 많은 것을 쥐고 있다는 생각이 든다. 더 이상 성장할 데가 없고, 사고의 전환이 쉽사리 이뤄지지 않는 세대가 사회 곳곳의 중추에 있는 모습.

그러나 아무리 그로 인한 부작용이 크다 하더라도 MZ세대는 더 이상 앞선 세대를 부정하려 하지 않는다. 앞선 세대의 공을 전복하고 과를 앞세우며 주류를 차지해왔던 지난 세대와는 다른 모습이다. 체제를 전복하고자 하는 동기도 없다. 그저 지금의 질서 안에서 우리 나름의 저항 방식을 축적해가는 중이다.

진중권 전 동양대 교수는 한국일보 기고•에서 '민주화 세대'로 불리는 우리 부모 세대에 대해 "산업화 세대의 자식들은 아버지를 살해하려 했다"고 서술한다. 박정희 시대에 근면성실을 체화한 산업화 세대가 열심히 돈을 벌어 대학 교육까지 시켰더니, 기존 패러다임에 반기를 들고 민주 투사로 전향하면서 아버지 세대가 만든 질서에 정면으로 도전해 결국 한 세대를 끝내버린 것을 '살해'로 설명하는 것이다.

다만 지금 젊은 세대가 놓인 처지에 대해서는 회의를 표한다. 86세대가 정치적 집단으로 조직되는 데에는 '민주주의'와 '사회주의'라는 서사가 있었으나, 지금 세대에는 그러한 서사가 없다는 걸 주원인으로 꼽는다. 양극화와 경제적 불안 속에서 '고립된 개인'으로 존재하기 때문에 불만을 표출할 수 없는 세대로 진단한다. 그러면서 진 전 교수는 "사회가 젊어지려면 이제 우리가 그들에게 살해당해야 한다"는 묵직하고 강렬한 메시지를 던진다.

나는 현상에 대한 분석에는 십분 동의하지만, 과연 우리 세대의 사고방식이나 이들이 처한 현실이 '이전 세대 살해'라는 강력한 전환을 전격 도모할 수 있는 토대인지, 그러고 싶어하는지조차 잘 모르겠다. 세태에 환멸을 느낄 때 기껏해야 우리가 할 수 있는 건 온라인에서 사상적으로 '맛이 간' 지식인을

- 「[진중권의 트루스 오디세이] 주류가 된 진보, 파탄 난 민주화 서사…. 새로운 이야기가 필요하다」, 한국일보, 2021.5.20. https://www.hankookilbo.com/News/Read/202004290708019303

리트윗으로 조리돌림하거나, 기성 질서가 공고한 조직을 이탈해 자발적으로 프리랜서 형태의 일자리나 스타트업행을 택하는 식일 뿐이다. 저항의 수단을 갖지 못한 우리가 다치지 않고 참으로 소소하게 잽을 날릴 수 있는 유일한 방법이다. 진 전 교수가 진단한 것처럼 '고립된 개인적인 해결 방식'인 셈이다.

실상 '요즘 애들'이라는 집단 속 한 사람 한 사람은 '개별적'으로 존재한다. 과거 '동지'라는 이름으로 집단주의적 사고를 강요당하고, 대의명분하에 일사불란 움직였던 것과 달리 우리는 종이갑에 담긴 달걀 낱알처럼 분자화되어 있다. 과거처럼 동세대를 한곳에 응집시키는 '거악巨惡'이라는 게 존재하지 않고, 어떤 악행을 '거악'이라 호명하는 데에도 많은 이가 반대할 것이다. 특정 사회 현상에 대한 정의와 판단이 제각각 다르다보니, '민주화 세대'처럼 특정 집단이 동의하는 대의가 존재하지도 않는다. '군부 타도'라는 목적 뒤에 가려진 성차별과 선민의식도 예민하게 감각한다. MZ세대 모두가 합의에 이를 수 있는 의제라고 해봐야 대부분 반대의 여지가 없는 '서로 짜증내고 살지 맙시다' '꼰대의 부적절한 행동을 더 이상 묵과하지 맙시다' 같은 소소한 구호 따위일 것이다. 혹은 더 이상 뺏길 파이조차 없어 매달릴 수밖에 없는 '경쟁과 평가를 공정하게 하자'는 능력주의 담론이라든가.

우리는 새로운 방식으로의 주류 전환을 꾀할 수 있을까. 과대대표되고 있는 윗세대의 목소리, 경직된 조직 논리, 베이비부머 세대의 자산 독점 등 모든 권력을 쥔 채 다음 세대와의 상생은 염두에 두지 않는 기득권을 대체하게 될까.

만약 그렇게 된다면 그 수단은 과거 세대가 부모를 살해한 그런 이데올로기가 아닐 것이다. 허무맹랑하게 들릴 수도 있겠으나 조용하게 이기고 우아하게 바꾸는 한 편의 '세대 복수극'을 한번 상상해본다. 이 극에서는 주어진 질서 속에서도 나를 잃지 않기 위해 닦아온 일상력과 주체적 라이프스타일이 결국 우리를 우리답게 지켜줄 무기가 될 것이다. 자본주의에 완벽 순응한 '자본주의 키즈'로 명명되면서도, '자존'을 지키기 위해 요가와 명상, 제로웨이스트, 미니멀리즘 등 '반反자본주의적 생활 양식'을 기꺼이 실천하면서 말이다. 뼛속까지 새겨져 있는 금융 감각. 배움에는 수단과 방법을 가리지 않는 유연한 사고. 자랑스러운 것 앞에는 모조리 'K-' 수식어를 다는 문화적 자긍심. 문화권과 상관없이 필요한 정보는 얼마든지 자유롭게 취득하고 수용하는 디지털 확장성. 이것들은 모두 이전 세대와 구분되는 요즘 애들의 특징이다. 그렇게 천천히 구별되는 '주체성'으로 우리의 공간을 넓혀가면서 '조용한 전환'을 이룰 수 있지 않을까.

예컨대 편향된 발화 권력은 디지털 채널로 이양시키고, 시대 흐름을 도무지 따라가지 못하는 지상파 콘텐츠는 소비하지 않으면서 주류적 사회 해석의 확산을 막는 식이다. 경제 팟캐스트와 뉴스레터로 중무장한 지식을 토대로 적극적으로 주식시장에 뛰어들어 금융 권력을 다시 쟁취하는 식이다. 그리고 비혼, 비출산으로 더 이상 이런 방식으로의 사회가 지속될 수 없도록 경각심을 더하는 식이다. 일과 관계없는 꼰대성을 요구하는 기성 조직을 떠나 새로운 직업을 '창직'하는 식이다.

어느 사회든 노동자의 활발한 드나듦과 아이 울음소리가 들리지 않는 곳은 쇠락한다. 주변의 많은 친구가 '90년대생'을 받아들이지 못하는 기존의 '회사'를 떠나고, 정상가족 이데올로기를 거부하며 독자적인 삶을 꾸려나가고 있다. 체제에 곧이곧대로 순응하는 것처럼 보이나, 실상 떠밀려나지 않기 위한 백조의 수면 아래 치열한 발길질처럼 자존하려는 노력. 이것이 바로 우리가 '어른스럽지 않은 어른들'에게 소소하게 저항하는 방식인 셈이다.

저금리와
레버리지라는 무기

일반화라는 비판을 피할 길이 없겠으나 가진 것 없고 이룬 것 없었던 20대의 나는 '기성세대'와 '탐욕'이라는 단어를 자주 등치시키곤 했다. 이때의 기성세대는 가깝게는 '베이비부머 세대' '86세대'일 테다. 간혹가다 삶의 잔가지를 쳐가며 정리의 미학을 보여야 할 것 같은 '산업 역군'이었던 어른들마저, 젊은 이들에게 쌀알 한 톨도 손해 보지 않으려 아등바등하는 모습을 보일 때 그랬다. 첫 집을 구매할 때 만났던 70대 노인이 대표적인 예이지만, 그를 제외하고도 살면서 '미래 세대에 조금도 양보하지 않으'려는 어른들을 숱하게 봐왔다.

대학 시절 고작 15일 정도 살다가 탈출한 하숙집 할머니는,

하숙생들이 아침에 계란 프라이 하나 구워 먹는 것도 아까워 눈치를 줬다. 반찬은 매일 똑같았다. 고춧가루에 무친 콩나물, 미역 같은 것이었는데 얼마나 같은 반찬 통에 두고 오래 먹었는지 자주 쉰내가 났다. 신촌 대학가에 3층 규모의 주택을 통째로, 그것도 오래도록 하숙집으로 운영하고 있으면서 손녀·손자뻘 되는 학생들에게 제대로 된 반찬 주는 것도 아까워하는 어른. 과외를 해서 번 돈으로 겨우 학업을 이어가는 과외 선생님의 사정이야 알 바 없이, 매달 교육비를 가능한 한 늦게 입금하는 학부모. 참다 못해 일정을 알리는 문자메시지를 보냈더니 "참 정확하시네요"라며 비아냥대는 어른. 그러나 20대 초반의 나는 아무리 기분이 나빠도 그만둘 수 없었다. 자신의 아들을 가르치는 과외 선생님일지언정, 돈을 벌 수 있는 생사여탈권은 그 학부모에게 달려 있었기에 모멸감을 참고 또 참았다. 가지지 못해 개인 감정이 상하는 것이야 우리 사회에서 예사스러운 일이지만, 결국 대전제는 권력의 문제다. 누가 돈을 더 갖고 있는가, 누가 땅을 지배하는가, 누가 더 발화 권력을 갖고 있는가, 누가 더 제도의 보호를 받는가 등등.

내가 할 수 있는 건 없었다. 간혹 경멸에 찬 눈빛을 감추지 않는 것이 고작이었다. 한껏 부풀어오른 자의식은 제임스 딘처럼 세상에 균열을 내는 반항아였지만 기실 아무런 힘없는 내가 날리는 잽은 공기 주먹이나 다름없었다. 이제 와서 돌이켜보니 정말 불화했던 것은 그동안 불친절하거나 무례하고 또 탐욕스러웠던 어른이라기보다는, 나 자신의 비루한 현실이었던 것 같기도 하다.

얼마 전 넷플릭스 다큐멘터리 「익스플레인: 돈을 해설하다」에서 학자금 대출 문제를 다룬 편을 봤다. 나보다 겨우 몇 살 많아 보이는 여성은 로스쿨 진학을 위해 8만 달러(9060만 원)에서 시작한 학자금 대출을 지금까지 10년 동안 12만 달러(약 1억3600만 원)를 갚았으나, 이자에 이자가 붙는 바람에 아직도 7만6000달러(약 8600만 원)가 남아 있다며 절규했다.

대체 어떻게 이게 가능한 걸까. 그는 고소득 직종으로 분류되는 변호사가 된 이후로도 상환이 어렵다고 한다. 이런 상황에서 젊은이들이 집 사고 아이를 낳는 미래를 생각할 수 있을까. 개인 문제만으로 치부해서는 안 될 것이, 매달 이 같은 학자금 대출 상환 청구서를 받는 미국인이 4500만 명에 달하는데 그 규모는 전체 자동차 대출이나 신용카드 빚보다 많다고 한다. 심지어 젊은 정치인들은 상하원 의원으로 일하면서도 학자금 대출을 꼬박꼬박 갚고 있다. 대체 기성세대는 어쩌자고 이런 시스템을 만들고 방치해 고통을 아래 세대에 전가하는 걸까.

미국만의 일은 아니다. 내가 대학을 다녔던 2009년 전후에도 '학자금 대출' 문제가 크게 불거졌다. 오죽하면 '운동'이라는 단어가 '무브먼트movement'가 아닌 오직 '신체활동exercise'만을 의미했던 21세기 대학생들 사이에서도 '반값 등록금' 같은 의제가 테이블에 올라 밀레니얼 세대 대학생들을 단결하게 만들었을까. 그나마 한국장학재단 등 공적 기관과 학자금 운동 등을 통해 국내에서는 감당 가능한 수준의 대출 제도가 운용되는 점이 다행이랄까.

"가난할 거면 차라리 확실히 가난한 게 나은 것 같아. 나처럼."

대학생활 내내, 그리고 30대가 되어서도 나는 이 말을 입버릇처럼 달고 살았다. 소득분위를 측정할 수도 없을 만큼 가난했던 것을 다행이라고 해야 할까. 그 덕에 오히려 온갖 장학 기회를 알아보고 활용하면서 대출 없이 학업을 마무리했다. 매 순간이 나의 결핍을 증명하는 면접으로 이뤄져 있지만 절박한 사람에게 그런 것은 조금도 중요하지 않다. 생활비 명목 장학금을 받을 수 있다면 '가난하지만 얼마나 내가 전도유망한 인재인지'라는 주제로 팔만대장경을 쓸 수도 있었다. 학비 부담이 덜했지만 대학생활 내내 궁핍하고 비루했다. 그럼에도 빚이 없었기에 취직과 동시에 가난의 고리를 끊을 수 있었다. 그리고 미래를 조금 더 빨리 고민할 수 있었다.

30대 초중반이 되자 학자금 대출을 모두 상환한 친구들의 후련한 소식이 인스타그램에 종종 올라온다. 뼈저리게 가난해 본 경험에 빗대어 바라보자면 다달이 갚아야 할 빚이 있다는 건 단순히 긴축 재정을 운용하며 당분간 해외 여행 같은 낭만에 소비할 여유가 없는 것만을 의미하지 않는다. 몇천 원 정도의 작은 돈에도 사람을 옹졸하게 만드는 마음의 짐이다. 친구의 생일 선물로 카카오톡 기프티콘을 보내면서 아메리카노를 선물할지, 캐러멜 프라푸치노를 선물할지 치사한 고민을 하는 나를 보게 만드는 지저분한 거울이다. 매달 열심히 일해도 월급날 빠져나가는 자동이체에 두꺼비 없이 장독에 물을 퍼 담는 콩쥐의 처지가 되게 하는 족쇄다. 그래서 누군가가 학자금 대출을 전액 상환했다는 소식을 SNS에 올리면, 나는 그 어떤 경사보다 더 열렬하게 축하해준다. '정말 고생 많았다. 인생의 지난 스테이지를 클리어했구나. 새로 펼쳐질 앞날엔 희망만 가득하길 바란다'는 마음을 담아.

우리의 삶은 더 나아질 수 있을까. 내 삶이 더 나아질 기회가 존재하기나 할까. 노동소득은 여러 해 전과 별반 다를 바 없는데, 마트에서 치솟은 물가를 체감할 때면 그런 생각이 더 커진다. 정규직으로 커리어를 시작해도 '평생직장'이란 안정감은 사라진 지 오래지만, 이런 고민은 시간제·프리랜서 등의 형태로 늘 고용 불안에 시달리는 친구들 앞에서는 꺼낼 수 없는 호사다.

30대 초반 학자금 대출을 겨우 해결한 뒤, 평생 모은 저축을 돌이켜보면 기껏해야 보통 노동자의 한 해 연봉 수준이다. 그런데 며칠 사이 오르는 집값은 그 저축액을 우습게 상회한다. '단군 이래 이전 세대보다 가난한 최초의 세대'라는 주홍글씨가 늘 따라붙은 우리였다. 여러 해 전만 해도 '헬조선' 'N포세대' '흙수저' '이생망' 같은 부정적인 단어를 쓰며 좌절했다.

그러나 우리에게 '저금리'와 '인플레이션'이라는 신세계가 열리면서 상황이 달라졌다. 고등학교 경제 교과에서는 민생을 악화시킨다고 일컫는 '물가상승'과 '화폐 가치 하락' 말이다. 유례없이 현금과 노동의 값이 떨어진 지금, 모두가 적극적으로 대출을 내서라도 인플레이션에 올라타려 하고 있다. 누군가는 생산성을 높이는 대출을 거인의 어깨 위에 올라타는 것에 비유한다. 물가가 오른 만큼 과거에 받은 나의 대출은 말 그대로 '녹는다'. 정확한 투자와 탈출 타이밍은 신만이 알 것이다. 그럼에도 오랫동안 오늘보다 더 나은 내일을 기대할 수 없었던 이들은, 기꺼이 인플레이션을 기회라 보고 뛰어든다. 이제 모두가 '투자'를 공부하며 '경제적 자유'를 꿈꾼다. 마치 지금이 아니면 계층 사다리를 영영 오르지 못할 것처럼 모두가 불나방처럼 뛰어든다. 누가 따로 가르치지 않아도 피부로 절감하는 생존 전략인 셈이다.

또래가 3명만 모여도 재테크를 주제로 한 대화가 뭉게뭉게 피어 오른다. 심지어 취재 현장을 '뻗치기(취재원을 만날 수 있을 때까지 현장에서 무한대로 대기하는 것)' 하며 긴장 상태에 놓인 기자들도 누군가 물꼬를 트기만 하면 집과 주식 얘기를 했다. '누가 결혼하면서 서울 어디에 집을 샀네'부터 시작해서 '올해 받는 상여금을 모두 우량주에 넣을 것'이라는 전략도 적극적으로 공유했다. '나는 다 관심 없고 외제 차를 한 대 살 것'이라고 공표하는 이에겐 온갖 훈수가 쏟아졌다. "네가 아직 어려서 그러는데, 차 살 생각 말고 주식이나 집부터 사."

불과 5, 6년 전만 해도 대학 근처 원룸촌에서 취직 걱정을 하며 맥주를 마시던 친구들 사이에서도 '영끌족'이 하나둘 등장했다. '자가 주택 마련'에 성공한 이가 한 명씩 탄생할 때마다 우리는 지난 시절 취업 최종 합격, 고시 패스 같은 염원을 달성했을 때보다 더 열렬하게 축하해줬다. 한편 뒤에 남은 이들의 씁쓸한 내색도 얼핏 스쳤다. 이런 분위기가 조성되기 훨씬 전, 나의 낡은 아파트 매입 소식을 안타까워하던 친구들도 이제 모두 부동산 이야기만 한다. "그때 너를 비웃을 게 아니었다"며 후회한다. 코로나19 기간에 넘치는 유동성이 자산 가격을 밀어 올리면서 유례없는 '부동산 불장'이 지속됐다. 친구들은 속속 '영끌 행렬'에 동참했다.

장류진의 소설 『달까지 가자』는 오늘을 사는 직장인들의 삶을 고스란히 그린 '하이퍼리얼리즘 소설'이다. '가상화폐 투자기'가 현대 문학의 소재가 되는 세상이 도래한 것이다. 제목마저 가상화폐 투자 단체 카톡방에서 떡상(가격 폭등)을 바라며 '아멘'처럼 사용되는 구호인 '투 더 문To the moon'에서 따왔다. 각각 5평, 6평, 8평짜리 원룸에 월세로 살고 있고, 그저 그런 제과회사에 다니는 평범한 여성 직장인 3명이 주인공으로 등장한다. 학자금 대출이 남았고, 물려받을 재산이 없으며, 사내 공채 라인에서도 비켜나 있는 이들은 서로를 종종 '우리 같은 애들'이라 명명한다. 그리고 그 '우리 같은 애들'은 바로 그 '우리'이기도 하다. 2017년 초 비트코인이니 이더리움이니 하는 가상화폐가 세상에 널리 알려지기 전, 일확천금을 꿈꾸며 주인공들이 차례로 '코인열차'에 탑승하는 것도 무리는 아니다. 오히려 나는 소설을 읽으면서 내 마음이 요동치는 것을 느꼈다. 주요 가상화폐의 현재 가격을 알아서일까. 소설 속으로 들어가 '애들아 제발 팔지 말고 2021년까지 존버해라'는 훈수를 놓고 싶었다. '떡락' 시기 소설 속 주인공이 참지 못하고 손절해버릴까봐 가슴이 조마조마했다. 심지어는 소설의 첫 장면이 시작되는 2017년에 살고 있는 주인공들을 질투하기까지

했다. '내가 저때로 돌아갔으면 전 재산을 통틀어 비트코인을 풀 매수할 텐데!'

소설 속 주인공은 가상화폐 가격 폭등 시 그려지는 차트 모양인 'J-커브'를 보면서, 인생에서 'J'를 무척이나 바라왔다는 것을 깨닫는다. "나는 매일매일 모래알처럼 작고 약한 걸 그러모아 알알이 쌓아 올리고 있었지만 그걸 쌓고 쌓아서 어딘가에 도달하리라는 기대도 희망도 가져본 적이 없었다"는 주인공의 마음을 따라 읽으면서, 우리 또래가 놓인 처지도 반추해봤다. '월급'만 빼고 뭐든지 J-커브를 그리는 세상 속에서, 그저 의미 없는 모래알을 모은 것에 만족하며 살고 싶지 않다는 마음. 그냥 하루하루를 원래처럼 살았을 뿐인데, 세상은 평범하게 살아가는 이들에게 '벼락거지'라는 멸칭을 붙였다. '이대로' 살면 이대로 가난해진다는 시그널을 계속해서 발신했다. 이러한 모멸감에서 벗어나는 것, 결국 '투 더 문' 하는 수밖에 없다.

기억을 거슬러 올라가보면 2017년 1차 가상화폐 붐이 시작이었다. 그리고 2018년부터 최근까지 부동산은 또래들의 초미의 관심사다. 2020년 팬데믹 기간에는 주식을 시작한 개미투자자가 무진장 늘었다. 그리고 MZ세대는 고스란히 이 포트폴리오를 따르고 있다. 이제 금리 1퍼센트를 더 높게 받으려고 특판 상품에 가입하고자 은행에 방문하는 사람은, 적어도 내 주변엔 한 명도 없다. 은행 자체를 가지 않는 세상이다. 고작 연이율 1퍼센트 더 받고자 그런 수고를 할 리가 없다.

반면 주식과 펀드를 하는 이는 어렵지 않게 찾을 수 있다. 금융 지식이 없는데도 '치킨값'이나 벌자며 야바위 게임 하듯 위험하게 주식을 하는 이들도 적지 않다. 그러나 적어도 소수가 독점했던 투자 생태계가 많은 사람에게 열리는 것은 긍정할 측면이다. 활발하게 공유되는 정보를 토대로, 수동적인 소비자에 머물렀던 개개인이 적극적인 투자자로 변모하는 모습도 좋은 변화다. 내 또래가 경험해본 경제 체제라고는 자본주의가 유일하며, 문자 그대로 우리는 '자본주의 키즈' 아닌가. 그렇게 우리는 숨 쉬듯 자연스럽게 터득한 체제 감각을 토대로 혁신적이고 선한 기업에 대한 주인의식을 갖고, 그렇지 못한 기업은 감시하는 역할을 자임하고 있다.

젊은 투자자들에게 '레버리지'는 강력한 무기다. 5000만 원을 모으기 위해서는 여러 해 바짝 허리띠를 조여야 하지만, 요즘 5000만 원을 빌리기란 어렵지 않다. 자린고비처럼 시드머니를 모으고 투자 시기를 늦출 게 아니라, 그 돈을 저금리에 빌린 뒤 자산 인플레이션을 기대한다면? 그러고 난 뒤 불어난 자산 가치에 따라 매각한 다음에 빚을 갚는다면?

다행히 소설 속 '우리 같은 애들'처럼 물려받고 기대할 것

없는 우리에게는 앞으로 30년은 더 일할 수 있는 몸뚱이가 있다. 빼어난 수준의 연봉은 아니더라도, 매달 몇십만 원의 이자는 감당할 재력이 있다. 과도한 수준의 불확실한 투기를 하는 것이 아닌 이상, 소비가 아닌 투자를 위한 빚은 나쁘지 않다는 것. '레버리지는 축복'이라고 찬양하는 자본주의 키즈가 내면화한 경제관념이다.

지나치게 배금주의적이라고? 한때 시장경제를 격렬하게 불신했던 개혁 인사들마저 재산이 공개되기만 하면 워런 버핏을 방불케 하는 화려한 포트폴리오를 자랑하는 세상이다. 정부도 나서서 기금 조성을 위해 정책 펀드인 '뉴딜 펀드'를 조성해 홍보한다. 금융은 이제 실생활에서 떼려야 뗄 수 없는 존재가 되었는데, 아직도 젊은 투자자를 바라보는 시선은 싸늘하다. '한탕주의' '노동 경시' '일확천금의 꿈' 같은 온갖 부정적인 낙인을 덕지덕지 붙인다. (감당할 수 없는 대출로 무모한 '투기 행위'를 해 가정과 개인을 파괴하는 극단적인 경우를 말하는 것이 아니다.) 마치 아무것도 모르는 뜨내기들로 규정하는 시선이 불편해, 나는 자꾸 우리 세대를 위한 항변을 하게 된다. "이재에 밝은 게 뭐 어때서요?"

더 이상 월급만 모아서는 노후 대비는커녕 생활 자체를 영위할 수 없다는 절박한 마음을 정녕 아무도 이해하지 못하는 걸까. 과거 20~30퍼센트씩 이자를 얹어주던 재형저축을 발판 삼아 목돈을 마련할 수 있었던 부모 세대가 필요로 한 것은 오로지 '꾸준히 월급이 나오는 근로자의 지위'뿐이었다. 따로 재테크에 골몰하지 않아도 꼬박꼬박 이자가 들어왔고, 어느 정도 근면성실함만 있다면 집을 사고 가정을 꾸리는 것에는 문제가 없었다. 물론 지금에 비해 임금 수준과 일자리의 질은 좋지 못하지만, 물가 역시 현저하게 낮았다. '좋은 일자리' 하나로 중산층 진입을 기대할 수 있었던 때다.

하지만 지금의 젊은이들이 놓인 현실은 다르다. 고용노동부의 임금직무정보시스템에 따르면, 25~29세의 평균 연봉은 3215만 원, 30~34세의 평균 연봉은 3949만 원(모두 2020년 기준 추정치)이다. 어림잡아 한 달에 230만~280만 원가량을 번다. 현실을 정확히 보여주지 못하는 '평균의 함정'을 감안하자면 보통의 젊은이들은 이보다 더 궁핍하게 생계를 꾸려나갈 가능성이 크다. 직장을 찾아 도시로 떠났는데 집에서 보태주는 것이 없다면 '잠만 자고 숨만 쉬는' 데에도 월급의 절반이 날아간다. 월세나 전세자금대출, 주택담보대출에 상환하는 돈만 매달 60만~100만 원쯤 된다. 여기에다 여느 메트로폴리탄 물가 빰치는 식비, 사회생활을 영위하기 위한 최소한의 품위 비용, 불안한 직장에서 도태되지 않기 위한 자기계발 비용을 지출하고 나면 수중에 남는 건 티끌 모아 티끌 수준이다.

MZ세대가 너 나 할 것 없이 재테크에 열중하는 건, 월급만으로 노후는커녕 현재 생활을 지속하기도 어렵다는 것을 직감하기 때문이다. 투자가 '선택'이 아닌 '필수'가 된 배경이다.

'경제적 자유'라는 정언명령

몇 해 전, 한 경제 신문이 기자 공개 채용 당시 필기시험 주제로 '우리 사회는 돈의 가치를 폄훼하면서도 모두 돈을 더 많이 갖고 싶어한다. 돈의 가치를 옹호하는 글을 쓰시오'를 낸 것을 들었을 때, 속으로 뭐 저렇게 노골적인 질문을 던지냐며 빈정댔다. 인문학적 소양을 요구하는 언론인에게 묻기엔 몹시 천박하다고 생각했던 것이다.

그때까지만 해도 나는 '돈'을 청교도들처럼 바라봤다. 많으면 좋다는 것을 알지만, 돈이 삶의 중심에 놓이는 건 싫었다. 그런 모습을 드러내는 것도 고상하지 못하다고 생각했다. 무엇보다 돈이 모든 관계와 대화의 중심에 서고, 모두가 그것을 갈망하는 사회 분위기를 온몸으로 거부하고 싶었다. 지금에 와서 생각해보면 학창 시절 교과과정에서 배운 '돈'이란 기껏해야 경제 과목에서 '교환 수단'으로서 사전적 정의를 내린 것뿐이다. 밥상머리에서 경제에 대해 자유로이 토론하는 집안 분위기도 아니었기에, 내게 돈은 늘 '많으면 좋은 것' 그러나 동시에 '좋아하는 것을 너무 드러내선 안 되는 것'이었다.

그런 나는 한때 돈을 목적 없이 모으기만 했다. 넉넉한 통장 잔고가 곧장 일상을 유지하는 안전 감각과 연관됐다. 통장 잔고가 100만 원 이하로 떨어지면 초조했고, 잔고가 늘어나면 이 도시에서 내몰리지 않아도 된다는 안도감이 들었다. 동시에 '돈, 돈, 돈'을 외치는 황금만능주의를 배격하고, 약간의 기회를 틈타 돈 벌 궁리에 심취하는 투자자를 사회악으로 여겼다. 주식과 펀드는 일확천금을 노리는 이들의 한탕주의라 여겼다. 집값이 천정부지로 솟는 건 일부 투기꾼이 날뛴 결과라 생각했다. 의무 교육을 거쳐 '경제 과목' 공부는 했으나 '금융'에 대해 배울 기회가 없었던 탓이 크다.

하지만 이 시대의 새로운 경제 강의 콘텐츠를 보면서 이제 나는 '투자'가 선택이 아닌 필수라는 주장에 대해 다시 생각해본다. (여전히 세계 금융위기의 주범이었으며, 서민 경제를 초토화시킨 금융 엘리트와 헤지펀드 등에 대해서는 부정적이다.) 특히 투자 열풍이 불면서 어떤 술자리에서든 대화를 주도하는 '금융 예찬론자들'로부터 요즘 같은 때에 돈을 그저 모으기만 하는 것은 점점 쌓이는 것이 아니라 오히려 깎아먹는 것이라는 소리를 귀에 딱지가 앉게 들으면서 투자에 조금씩 마음을 열었다.

이런 생각에 닿자 '돈'을 대하는 나의 태도도 달라졌다. 이제 나는 돈을 '이고 지며 모시는' 것으로 생각하지 않는다. 마이너스 금리인 일본은 통장을 유지하는 것만으로도 비용으로 따진다. 지금처럼 '시간'이 돈의 가치를 키울 수 없을 때, 차곡차곡 모으기만 하는 것은 손실과 동의어가 될 수도 있다. 투자하는 것에 대한 기회비용까지 고려하면 그 차이는 눈덩이 굴리듯 불어난다. 다른 누군가의 삶을 침해하고 약탈하는 것이 아니라면, 투자에 눈을 뜨는 것이 필요하다고 생각하게 된 이유다.

이제 나는 매일 아침 경제 유튜브를 통해 전날 미국 증시 시황을 이해하고, 아직 열리지 않은 국내 증시를 예측한다. 코로나 이후 한국 산업은 어떻게 재편될 것인지 경제 기사를 읽으며 생각의 지평을 넓히고, 때때로 신산업에 관심이 많은 이들과 함께 스터디를 하기도 한다. 나뿐만이 아니라 많은 친구가 소셜미디어, 팟캐스트, 뉴스레터를 통해 금융 감각을 체득한다.

'요즘 애들'이 열렬히 갈망하는 것은 바로 '경제적 자유'다.

언제부턴가 세대의 경구로 떠오른 이 단어. 산업화 세대가 열렬히 부르짖은 '자유민주주의'나 글로벌 자본이 숭배해 마지않는 '신자유주의' 할 때의 그 자유. 혹은 개인의 삶을 지배하는 중앙 집권 권력으로부터 해방되고 싶은 이들이 주창하는 그 시민의 해방감, 자유. 그러나 단어는 같지만 사상적 맥락에서는 조금 다른 '경제적 자유'. 앞선 자유가 구舊체제의 해체, 속박으로부터의 해방을 전제한다면 오늘날 내 또래가 정언명령으로 받드는 '경제적 자유'는 철저히 체제 순응적인 자유다. 고도화한 자본주의에 십분 동화되어 우위를 점하고, 평생 쓸 돈을 모아 매일을 옥죄는 구조에서 탈출할 것이라는 매우 수동적인 해방이다.

이제 우리에게는 헌법을 여러 차례 바꿔가며 장기 집권을 꾀하는 독재자도 없고, 쌀을 구경 못 해 나무껍질을 삶아 먹어야 하는 기근도 없다. 우리의 자유를 방해하는 것은 단 하나. 잠에서 깨고 싶을 때 일어날 수 없고, 공원을 달리고 싶을 때 달릴 수 없게 하는 속박. 일상에서 만나는 온갖 자본주의적 속박이다. 그리고 공교롭게도 그 속박에서 벗어나는 것은 자본주의에서 우위를 점하는 것, 자산의 충분한 축적이다.

서점 가판대에 즐비한 '40대에 은퇴하는 법'과 같은 경제 분야 서적, 유튜브 알고리즘을 점령한 '파이어족(조기 은퇴를 목표로 20대부터 극단적인 절약을 하는 이들) 생활 콘텐츠'의 본

류에 섞인 정서 또한 결국 사회적 요구에서 벗어나 주체적으로 살고 싶다는 욕구다. 그러니까 결국 부동산 하고 주식 하고 코인 하는 '요즘 애들' 마음의 기저는 나 자신으로 살고 싶다는 거다. 너무나 소중하고 유한한 나의 시간을 한순간이라도 하고 싶지 않은 일을 하는 데 쓰고 싶지 않다는 '주체성에 대한 갈망'이 녹아 있는 것이다. 이런 것이 비단 우리나라만의 일은 아닌 것이, 미국의 경제 방송 CNBC는 유튜브 채널에 '밀레니얼 머니'라는 코너를 만들어 밀레니얼 세대의 수입과 지출, 투자에 대해 소개한다. 그중 단연 '파이어족'에 관한 콘텐츠가 큰 인기다.

경제적 자유를 입에 달고 다니는 우리 세대를 보며 '근면성실'의 화신인 윗세대는 혀를 끌끌 찬다. '노동이 얼마나 숭고한 건데' '불러주는 곳이 있다는 건 행복한 거야' '사람은 일을 함으로써 존재를 증명할 수 있다' '역시 요즘 애들은 놀고먹는 것만 좋아해서 쯧쯧'…….

그런데 이런 말들 속엔 비난만 난무할 뿐 숨겨진 진실은 쉽게 드러나지 않는다. 그것은 바로 우리가 코로나19를 겪으면서 깨달은 것들, 즉 자산, 특히 부동산이나 주식 가격이 폭등하는 동안, 제자리걸음을 하거나 줄어들지 않는다면 다행인 급여만으로 우리는 일상도 제대로 영위하기 힘들다는 것. 그리고 '노동 수익'만으로 이뤄진 삶이 어떤 위기 상황에서는 몹시 취약하다는 것. 게다가 어떤 어른은 노동의 중요성을 그렇게 설파하면서도, 정작 개인의 성장과 발전에는 큰 힘을 쏟지 않고 연공서열만을 내세우며 생산과 고용 수단을 꽉 쥔 채 다음 세대에 기회를 줄 마음이 없다는 것을.

이제 우리는 알게 되었고, 그래서 다른 삶의 양식을 찾기 시작했다. 이것이 바로 코로나19로 세계 금융시장이 요동치고 기존 스탠더드가 제대로 작동하지 않는 지금, 요즘 애들이 '경제적 자유'를 욕망의 최상단에 두고 어떻게든 부를 창출할 새로운 수단을 발굴해내는 까닭이다.

투자 | 인플레이션의 역습

누군가의 위기,
누군가의 기회

"봐봐. 토마 피케티(『21세기 자본』의 저자로 자본수익률이 노동과 생산을 아우른 경제성장률을 앞지른다고 설명했다)가 하나도 틀린 게 없다니까. 우리 임금소득이 오르는 것보다 자산 가격이 훨씬 뛰고 있잖아. 10년 꼬박 모아도 1억 모을까 말까 하는데, 집값은 1년 만에 몇억이 왔다 갔다 해. 우리가 무슨 수로 집을 사?"

"그래도 대출 받으면 이자도 부담되고. 가뜩이나 저금도 별로 못 하는데."

"아유, 정말 답답한 소리 하네. 저금리 시대에 주택담보대출 이자가 3퍼센트도 안 되는데, 2억을 빌려도 매달 내는 이자가

50만 원이 안 돼요. 근데 너 지금 사는 월세 얼마야? 50만 원을 은행한테 줄래, 집주인한테 줄래? 게다가 다 갚으면 집도 생기는 건데."

"그래도 조금 기다렸다가 청약하는 게 낫지 않아?"

"너 아직 결혼도 안 했잖아. 청약해서 당첨되려면 결혼하고 애가 셋이 있어야 한다더라. 그사이에 집값은 가만히 있겠어?"

빚을 내서라도 집을 하루빨리 사야 한다는 친구, 그래도 대출을 내는 건 무섭다는 친구. 한바탕 자웅을 겨루고 난 뒤 몇 달이 지나도 대화의 티키타카는 비슷한 식으로 반복된다. "네 말 들을걸 그랬어"와 "거봐, 내가 뭐랬어".

'맨큐의 경제학원론' 아성을 무너뜨릴 경제 석학을 만나고 싶다면 지금 당장 동네 호프집으로 향하라! 20, 30대로 보이는 사람들이 치킨을 뜯으며 심각한 표정을 짓고 있다면, 그곳이 바로 미래 경제학의 산실이요, 진리의 상아탑이다. 이들은 낮에는 실전 투자, 밤에는 재테크 공부로 무장한 강호의 고수들이다. 세부 전공에 따라 '부동산 영끌 투자' '동학·서학 개미' '코인 퇴사족'의 별칭을 얻으며, 그간 정통 경제학에서 학문적 우위를 점하고 있던 맨큐를 대체해버렸다. 이름하여 '술자리 맨큐'. 수익률이 높고 일찍이 재테크에 눈을 뜬 이들은, 아파트와 주식에서부터 이젠 철강과 구리, 원유 가격까지 섭렵하며 술자리마다 대화의 주도권을 잡고 있다.

'술자리 맨큐'가 가라사대…….

"애들아, 생각을 해봐. 왜 지금 투자를 하지 않으면 안 되는지. 첫째, 2008년 세계 금융위기 이후에 이어진 미국의 양적 완화와 저금리 기조로 이미 시중에는 돈이 넘쳐나. 거기다가 우리나라도 몇 번 추경을 했니. 전 세계가 빚내서 돈 푸는 정책을 벌였기 때문에 유동성이 그야말로 폭발 지경이야. 둘째, 너네 금본위제 그런 거 배웠던 기억 나지? 이제는 금이 아니라 신용으로 화폐를 찍어내기 때문에, 화폐 가치는 점점 똥값이 될 거야. 돈이 종잇조각이 되는 이 상황에서 현금을 갖고 있으면 어떻게 되겠어?"

술자리 맨큐가 침 튀기며 말했고, 필부필부들은 치킨 다리를 뜯으며 귀를 쫑긋 세웠다. 아무도 답을 하지 않자, 맨큐가 답답해하며 자문자답했다.

"하루라도 빨리 자산이 될 만한 걸 사둬야 하지 않겠어?"

수강생들은 세상을 보는 새로운 눈이 트인 듯 고개를 격렬하게 끄덕이고, "그럼 어떡해, 어떡해" 하며 추임새를 넣었다. 먹는 것도 깜빡하고 연신 이론을 설파하던 맨큐를 멈추게 한 말.

"야, 나 네 말 잘 알겠는데 맥주도 식으면 가치가 떨어지니까 일단 마시고 보자."

그 어떤 친구를 만나도 꼭 등장하는 레퍼토리다.

상경계열을 전공하지도 않았고, 경제 지식이 화려한 편은 아니지만 생존을 위해 여러 해 전 서울에 아파트를 사뒀다는 이유로 나는 곧잘 간증의 자리로 불려 나간다. 그렇지만 앞장서서 거드름을 피우는 것은 질색이다. '이래라저래라' 훈수 두는 것도 어딘가 겸연쩍은 일이다. 앞으로의 경제 상황을 모두 알고 사둔 것도 아니고, 내가 잘한 일이란 오로지 주거 안정을 최우선의 과제로 두고 조금 일찍 결단을 내린 것뿐이다.

단 몇 해 사이에 급등한 집값으로 상처받은 주변 사람들을 무척이나 많이 봤다. 결혼을 앞둔 친구는 매주 오르는 집값을 보며 스트레스에 잠을 이루지 못한다고도 했다. 2020년을 기점으로 집을 산 친구, 그렇지 않은 친구로 갈려버린 상황에서 할 수 있는 말은 "위기는 늘 기회이기도 하니 각자가 대비해야 하지 않을까" 하는 수준으로 무마할 수 있는 은근한 제언뿐이다.

누군가의 위기는 누군가의 기회일까. 서브프라임 모기지 사태를 다룬 할리우드 영화 「빅쇼트」, IMF 금융위기를 다룬 영화 「국가부도의 날」은 시기와 배경만 다를 뿐 유사한 서사 구조를 갖는다. 세계 경제가 송두리째 흔들릴 정도의 쇼크, 그

가운데 경제가 망할 것에 베팅한 인사들은 위기 속에서 엄청난 부를 거머쥔다.

"위기에 투자하겠습니다. 저는 곧 나라가 파산할 거라고 봅니다."

영화 「국가부도의 날」에서 국가 부도에 배팅을 건 금융맨 윤정학(유아인 역)은 사표를 던지며 이렇게 말한다. 그는 신용등급이 떨어져 환율이 급등할 것으로 예상하고, 원달러 환율 800원대에서 원화를 모두 달러로 바꾼다. 딜러들은 "왜 거꾸로 가려고 하시냐"며 코웃음치지만 그는 개의치 않는다. 증시가 폭락하자 외화난이 일어나고 이후는 우리가 아는 역사 그대로다. 은행이 파산하고 사람들이 벌떼처럼 창구로 몰려드는 모습을 바라보면서 윤정학과 함께 베팅한 무리는 이렇게 말한다.

"대한민국 망했어. X발, 우리 부자야."

"인생을 바꿔야 할 때가 됐어. (울부짖는 사람을 바라보며) 내 인생, 내 계급, 내 신분이 싹 다 바뀌는 순간이야."

많은 사람이 이 영화에 감읍한 걸까. 나는 코로나19를 '기회'로 바라보는 시선과 종종 마주칠 때마다 섬뜩하다. 물론 역사적으로 많은 위기가 기회였다. 영화 속 금융 천재처럼 IMF나 세계 금융위기 같은 시기를 개인의 부를 축적하는 기회로 만드는 사람들은 늘 존재했고, '언택트'라는 시류에 올라탄 사업자들은 유례없는 호황을 맞고 있다. '네카라쿠배(네이버, 카카오, 라인, 쿠팡, 배달의민족)'라고 불리는 인터넷 기반 기업의 성장과 위세가 기존 제조업 중심 '재벌' 못지않은 지금 한국 사회를 보라.

'저성장'이라는 시대적·경제적 흐름 속에서 '성장'해온 우리는 살면서 큰 판이 흔들릴 거라는 기대 없이 지내왔다. 세계경제와 한국 사회의 비약적인 성장은 이미 끝난 것이라고 진단하는 분위기 속에서 살아왔다. 그냥 이렇게 자기에게 주어진 분수 안에서 하루하루 살아가게 될 거라고 생각했고, 그것이 시대의 분위기였다. 코로나19 이전 '헬조선' 같은 단어가 세상을 지배할 때의 이야기다. 몇 년 사이 사회의 기류는 180도 바뀌었다. 모두가 지금을 인생을 바꿀 '마지막 기회'로 바라보고 있다.

최근 이름만 대면 알 만한 대기업에 다니던 사람이 전 재산을 가상화폐에 넣다시피 해서 450억 원 가까이 시세 차익을 거두고 퇴사한다는 소식은 또래 직장인들 사이에서 화제의 뉴스였다. 일반인인 그의 이름과 퇴사의 변이 '지라시' 형태로 카카오톡 대화방을 도배할 정도였다. 현금 출금 한도가 하루에 2억 원밖에 되지 않아 수십 차례에 걸쳐 돈을 인출해야 한다는 뱀발(사족)도 고스란히 전해졌다. 이렇게 갑자기 '벼락부자'가 된 이의 소식이 전해지면, 이상하게 내가 가난해지는 듯한 기분이 든다. 그 돈은 나의 돈이 아니고, 같은 상황에 놓인다고 해도 같은 행동을 할 게 아니면서 그렇다. 그저 나는 하루하루 나의 삶을 살아가고 있는 것인데 그렇게 사는 사람들은 세상 이치에 어두운 바보가 되고 만다.

"나도 몇 달 전에라도 마이너스 통장을 털어서 살걸."

"짜장면 사 먹게 만 원만 달라고 하고 싶다."

로토 1등에 당첨된 이보다 가상화폐로 두둑한 몫을 챙긴 이에게는 질투와 부러움의 눈길이 한껏 쏠린다. 로토에 당첨될 가능성은 벼락 맞을 확률과 비슷하지만, 가상화폐 투자는 '내가 해봄 직'한 것이라는 생각이 들어서인지도 모르겠다.

도심의 카페에 앉아 있다보면, '주식'과 '가상화폐'라는 단어를 포함한 온갖 대화가 두꺼운 마스크를 뚫고 또렷이 내 귀에 꽂힌다. 지하철을 타고 출근할 때 양옆의 남성들은 어김없이 가상화폐 거래소 화면을 뚫어져라 보고 있다. 부작용도 만만찮다. 유망 기업이 상장된 이후 주식 커뮤니티에는 꼭 이런 질문이 올라온다. "제가 상한가 근처에서 샀는데, 주식은 환불 안 되나요?"

2021년 들어 가상화폐가 폭등했다가 폭락하는 일이 반복되고, 또 정부의 과세 소식이 들려오자 뿔난 투자자들은 "사다리를 걷어차지 말라"면서 국민청원에까지 진출하는 일이 생겨나고 있다. 금융위원장이 "가상화폐는 투자자 보호 대상이 될 수 없다"고 발언한 것도 불난 데 기름을 부었다. 그러면서 언론은 '2030 남성은 평생 노예로 살라는 것이냐'라는 그들의 말을 그대로 인용해 붙였다. "서울에 아파트도 사고 결혼도 하고 싶은데 왜 우리의 사다리를 끊어버리나요?"

나는 어떤 종류의 투자 행위도 투자자 보호가 되는 범위 안에서(공동체 보호를 위해) 어느 정도 규범이 있어야 한다고 생각한다. 동시에 투자 행위는 자유지만, 그것에 우리 사회에 하나 남은 '계층 이동 사다리' 같은 식으로 서사를 부여하는 것은 반대한다. 결과적으로 그런 역할을 수행하는 건 사실이지만, 사회적으로 그것을 계층 이동의 수단으로 용인하고 독려하는 것은 또 다른 문제이기 때문이다.

터무니없는 주장 앞에서 "자기가 사는 사회를 이해할 수 있는 방법은 단 하나다. 가장 혜택받지 못한 계층의 관점에서 사회를 바라보는 것이다"라는 사르트르의 말을 인용하지 않을 수 없다. 기실 "내 앞에서 사다리 끊지 말라"며 울부짖는 가상화폐와 주식투자자들이 분노하는 것은, '내가 하류 계급에 남을 수 없다'는 절대적 박탈감보다는 '다른 사람은 벌써 다 올라갔는데 나까지만 올라가고 끊으라'는 상대적 박탈감에 가깝기 때문이다.

나는 정말로 하루 벌어 하루 먹고 사는 2030 젊은이를 꽤 많이 안다. 최저임금 수준을 겨우 벌고서도 집에 줄줄이 딸린 가족을 부양하기 위해 저축은 꿈도 못 꾸는 어린 가장들. 고용 안정을 기대하기 어려운 노동 조건에 자본주의가 단어 그대로 '노비'로 만들어버린 이들. 일단 생활비를 제외하고 남는 돈이 없으며, 고소득 정규직에 비해 대출도 쉽지 않아 마이너스 통장을 털어 투자하는 일도 있을 수 없기에 이들은 주식이니 가상화폐 투자는 꿈도 꾸지 못하고 버는 만큼 가난해진다. 생활이 급급한 이들은 미래의 기대 수익을 위해 잠깐의 손실을 버틸 기초 체력조차 없다. 얼마 전 배우를 꿈꾸던 23세 여성이 보이스피싱으로 200만 원을 잃고 스스로 목숨을 끊었다는 소식이 소셜미디어를 통해 알려졌다. TV 프로그램에 기구한 사연으로 출연한 바 있어 많은 이가 더더욱 안타까워했다. 누군가는 가상화폐 거래로 30분도 안 되는 시간에 돈을 '복사'하듯 얻을 수도 있었던 돈 200만 원, 그 돈이 까마득하게 많게 느껴져 누군가는 고통 속에 세상을 등졌다.

가슴에 손을 얹고 말해보자. 가상화폐 대박이 아니라면 '평생 노예로 살란 말이냐'라고 절규할 만큼 당신의 처지가 가난하고 비참한가. 박탈감이라는 것은 무엇에 대한 박탈감인가. 인간적인 삶을 영위할 수 없음에 대한 박탈감인가, 내가 한 사람이라도 더 제치고 올라서지 못함에 대한 박탈감인가. '상대적 박탈감에 괴로워하는 청년들의 말을 경청하겠다'는 정치권의 시선이 향해야 할 곳은 '어떤 청년'이어야 할까. 자본주의 키즈로서 '영끌 투자족'의 경제관과 그들 나름의 절실함을 이해 못할 바 아니나, 그들의 투정이 진짜 가난을 지워버리고 공론장에서 과대대표되고 있다는 생각을 지우기 어려운 이유다.

1989년생인 나는 '자본주의 키즈'임을 부인할 수 없다. 자본주의가 앗아가는 인간의 존엄, 노동자의 숨결을 바스러뜨리는 기업에 관한 기사를 일터에서 쉴 새 없이 쓰면서도 결국 나는 자본주의 아래에서 교육받고 자본주의가 중시하는 덕목을 체화한 자본주의적 노동자일 뿐이다. 그럼에도 불구하고 나는 우리 사회 구성원들이 「빅쇼트」나 「국가부도의 날」 같은 영화를 보고 자신에게 떨어질 기회를 보며 군침 흘리는 풍경이 사회의 기본값이 되지 않았으면 좋겠다. 해체된 공동체를 복원하기 위해 머리를 맞대는 이들이었으면 좋겠다. 누군가가 흘린 피를 딛고 쌓은 성벽이 그 자체로 아름다울 수는 없기 때문이다. '그 선을 지키는 것'이 참 쉽지 않다.

'시발 비용'에서 '금융 치료'로

나의 '청춘'과 맞닿아 있는 2010년 초중반은 그리 푸릇푸릇한 순간으로 기억되지 않는다. 늘 빈곤에 허덕였기 때문이다. '금수저' '흙수저' 같은 모멸적인 계급 구분이 횡행했다. 친구들을 만나면서도 은연중에 그들이 물고 있는 수저에 눈이 갔다. 동시에 존재조차 보이지 않는 나의 투명 수저를 부끄러워했다.

'수저계급론'의 세상이었다. 역사상 어느 때고 취업난이 없을 때가 없었지만, 유독 장기 불황의 여파로 구직 시장엔 찬 바람이 불었다. 대학가는 급격히 활기를 잃었고 '헬조선 담론'이 사회 전반을 지배했다. 세상을 바꿀 수는 없는 우리는 대학가 원룸촌의 노가리 가게에서 싸구려 마른안주에 맥주를 마시며 울분을 풀었다. 취업 불합격 통보를 받으며 세상이 나를 거부하는 기분이 들 때마다 괴로움을 나눌 누군가의 온기가 필요했다. 취기가 올라 "내가 쏜다!" 한마디 외치고 닭발 같은 비싼 안주를 통 크게 쏘며 사람들을 붙들었다. 혼자 남겨지고 싶지 않았기 때문이다. 부자가 된 기분은 30분을 채 넘지 못했다. 집에 돌아와서는 '당장 이번 달 생활비도 없는데 내가 왜 그랬지'라며 머리를 책상에 콩콩 박으면서 자학하는 날들이 이어졌다.

이럴 때 쓰는 단어가 '시발 비용'이었다. 동사가 '과거형'인 이유는 불과 5년도 되지 않은 사이 언제 그런 말이 있었냐는 듯 생명력을 잃었기 때문이다. 말 그대로 비속어 '시발'에 '비용'을 더해 만든 신조어로, 여러 해 전에 유행했다. 미디어에서는 비속어를 그대로 쓸 수 없어 '홧김 비용'으로 번역했다.

'시발 비용'은 스트레스를 받지 않았다면 사용하지 않았을 돈, 그러니까 회사에서 억울한 누명을 썼을 때, 친구와 다투었을 때 받는 스트레스를 풀기 위해 충동적으로 쓰는 돈이다. 들어가고 싶던 회사에서 불합격 통보를 받은 뒤 큰맘 먹고 비싼 프랜차이즈의 치킨을 시켜 먹는 것. '자학하는 것'이 일상이었던 첫 사회생활, 네일케어를 하지도 않으면서 드러그스토어에 들어가 충동적으로 구매한 형형색색의 매니큐어. 상사에게 깨지고 분을 참지 못해 한꺼번에 결제해버린 온라인 쇼핑몰

장바구니. 울분이 쌓이다 못해 이 시발 비용을 모두 모으면 몇 달 치 월급이나 다름없을 정도였다. 딱히 기억에 남지 않는 자잘한 물건에 이렇게 많은 돈을 쓰느라 쪼그라든 통장 잔고를 볼 때면 또 화가 나서 시발 비용을 쓰는 악순환이 반복됐다. 그러니까 돈은 돈대로 쓰면서 기분은 기분대로 풀리지 않는 도돌이표 같은 딱한 날들이었다.

'시발 비용'의 시대는 저물고, 바야흐로 '금융 치료'의 문이 열렸다. 언제부턴가 퇴근길마다 "오늘 회사에서 열 받아서 시발 비용으로 립스틱 하나 샀어"라고 친구들에게 보내던 카카오톡 메시지가 종적을 감췄다. 요즘 친구들은 카카오톡 단체 대화방에 "오늘 커피값 벌었다"면서 주식 단타 결과를 공유한다. 아직 '사이버 머니' 형태의 잔고를 보며 흐뭇한 마음을 숨기지 못한 채 말이다.

종종 월급날이 멀게만 느껴질 때, 내가 가진 총 금융 자산의 합을 보여주는 애플리케이션을 열어 작지만 소중한 축적된 부를 관리하며 하루하루가 헛되지 않음을 느낀다. 그리고 노동의 보람을 찾는다. 대출과 이리저리 섞여 초라하기 짝이 없는 통장 잔고이지만, 예금계좌와 연금계좌, 주식계좌 등에 분산되어 있는 자산을 한눈에 볼 수 있는 서비스는 나의 열심을 가늠해보는 데 꽤 요긴하다.

'쓸데없이 나이만 먹는 건 아니었어.'

대출의 마이너스 액수가 조금씩 줄어드는 반면 자산은 늘어나는 것을 실시간으로 확인할 때 안팎의 사정으로 다친 마음은 가라앉고 '그래, 이 맛에 일하지' 하는 쾌감이 든다. 금융이 나의 괴로움을 치료하는 것이다!

금융이 삶의 활력이 될 수 있을까? 한때 나는 '금융'이라는 말만 들어도 보통 사람의 일상을 무너뜨리고 탐욕에 베팅하는 월가를 떠올리며 적대적인 감정을 숨기지 않았다. 그런데 요즘은 타인의 근간을 약탈하지 않는 이상 금융이라는 수단을 친근하게 여겨야 살아남을 수 있다는 생각이 든다.

신기하게도 내가 돈을 바라보는 시선을 바로잡은 순간, 세상도 돈에 대한 태도를 달리했다. '시발 비용'은 '금융 치료'가 됐다. 그 두 유행어의 기저에 깔린 대전제 자체는 유사하다. '무언가 외부의 뾰족한 것으로 내상을 입는다 → 부정적 감정에 사로잡힌다 → 물건을 사거나 수익율과 잔고를 바라보며 기분을 정화한다.' 소비가 됐든 투자가 됐든 '돈'에 의해 우리의 심리가 요동친다는 것이다.

그러나 두 단어가 돈을 바라보는 관점은 판이하다. 코로나19라는 터널을 지나면서 '돈'은 '부정적 탐욕'에서 '긍정적 효능'으로, '쓰는 것'에서 '불리는 것'으로 내포하는 바를 달리하게 됐다. 한 유행어가 쇠락하고 또 다른 유행어가 성행하는 단순

한 세태 그 이상의 것이다. 여러 해 전 '욜로YOLO' 광풍이 시대를 강타했을 때는 '내일 일은 모르겠고, 일단 쓰고 보자'라는 태도가 담긴 '시발 비용'이 지배하고 있었다. 코로나19가 촉발한 불확실성의 시기를 거치면서 작금의 '요즘 애들'은 더 이상 일시적 감정에 휘둘려 흥청망청 쓰지 않는다. 모을 수만 있다면 최대한 축적한다. 불릴 수 있다면 수단을 가리지 않는다. 만약 소비를 해야 한다면 특별히 나의 자존을 높이는 것이어야 한다. 이 모든 태도의 변화는 기본적으로 자본주의 시스템하의 돈의 역할과 기능을 긍정하기 때문에 가능한 것이다. 이들에게 '돈'은 나의 자존을 지킬 수 있는 최후의 무기다.

자본주의적 연대,
자본주의적 행동

무심코 켜놓은 TV에서 슬픔 섞인 내레이션이 흘러나온다. 파랗고 하얀 색이 세상의 전부인 극지방. 아기 북극곰이 발 디딜 곳 없이 위태롭게 서 있다. 빙하가 녹아 머물 곳이 없기 때문이다. 곰은 '곰답지 않게' 앙상하고 초라하다. 비장한 목소리의 성우는 기후위기가 얼마나 심각한지, 인간이 얼마나 이기적인 존재인지를 1분 내내 상기시킨다. 짧은 시간의 스토리텔링에 마음이 저려온 나는 저항할 새 없이 휴대전화 문자메시지로 '북극곰'을 쳐서 보낸다. 한순간의 선택으로 매달 1만 원을 내게 됐다. 그리고 지구에 조그마한 기여를 했다는 생각으로 뿌듯해한다.

집에 있는 기간이 늘면서 '방구석 선행'이 나날이 진화하고 있다. 나의 계좌를 여는 것은 주로 '동물'이다. 온갖 딱한 사람들의 이야기가 모이는 언론사에서 일해서인지 웬만큼 절절한 인간 이야기에는 크게 마음이 흔들리지 않는다. 뿐만 아니라 발언할 수 있는 인간은 고통을 표현이라도 하지, 그렇지 않고 학대당하거나 고통받는 동물을 보고는 도무지 그냥 지나칠 수 없다. 포털 사이트의 포인트를 긁어모아 코로나19로 방치된 동물원에서 죽어가는 동물을 돌보는 이들에게 기부하기도 했다. 역병이 강원도 감자 재고에도 영향을 미쳤다는 소식에, 곤경을 겪는 농민들을 돕기 위해 '감자 구매하기' 대열에 합류했다. 나 같은 사람이 어찌나 많았던지 '새로고침'을 연신 눌러 겨우 성공했다. '티켓팅'이 아닌 '포켓팅'이라는 명성대로였다.

앉아서 지갑만 여는 '대리 봉사'가 따로 없지만, 이동이 자유롭지 않은 요즘 같은 때 도움을 필요로 하는 누군가에게 재정적으로 마음을 보태는 것은 봉사의 유일한 수단이 되어버렸다. 비록 작은 방 안에 홀로 있을지라도 고립된 마음에서 벗어나 긍정적인 영향을 미치고 싶다는 '사회적 동물'의 원격 기여인 셈이다.

오늘날 돈은 단순히 교환 수단이 아닌 '자존을 확인하는 무기'다. 내가 중요하다고 생각하는 가치를 실현하는 수단이다. 시민 행동의 대리 주체다. 심지어 돈은 IMF 금융위기 '아나바다 운동' '금 모으기 운동' 이후 쉬이 발견하지 못했던 개인의 연대마저 가능케 한다. 그것도 무척 자본주의적인 형태로 말이다.

쌓인 자산을 보거나 아주 좋은 물건을 구매해 기분이 상쾌해진다는 신조어 '금융 치료'는, 그 주체가 '집단'이거나 대상이 '부도덕'할 때 조금 다른 맥락으로 사용된다. 가령 악덕 기업이나 잘못을 저지른 연예인이 있을 때 해당 연예인이 광고하는 기업 등에 집단 항의 전화를 넣어 계약을 파기시킴으로써 일종의 '금융 피해'를 일으키는 것이 '금융 치료'의 또 다른 예다. 혹은 교통 규범을 어기는 불상의 운전자를 촬영해 훗날 과태료를 내게 하는 것도 '금융 치료'의 한 예다. 이때의 '나'는 현명하고 똑똑한 소비자이자 정의를 구현하는 용감한 네티즌이다. 세상에 태어나지 말았어야 할 나쁜 것을 치료하는 '힐러'다. 연예인, 기업, 창작물 등 대중이 상대하기에 다소 거대한 대상에게 도덕적인 이유로 '대미지'를 주는 것, 이 역시 '금융 치료'로 불린다.

2021년 조기 폐지한 드라마 「조선구마사」가 적극적인 금융 치료의 한 예다. 온라인을 중심으로 폐지 운동이 벌어진 연유에는 이 드라마가 조선의 인물을 비하하고 역사를 왜곡했다는 주장이 자리하고 있다. 한술 더 떠 한반도 풍경이라기엔 고

증이 엉터리인 복식과 음식이 드라마에 등장하면서 기름을 부었다. 작가의 친중 성향과 중국 자본 침투 의혹까지 더해지면서 결국 2회 만에 불명예 폐지했다.

논란의 진위 여부를 차치하고 여기서 내가 주목한 점은 누리꾼들의 집단 움직임 행태였다. 이들은 드라마를 편성한 방송국에 항의하기보다, 가장 먼저 광고주를 공략했다. 제작 협찬 목록에 이름을 올린 기업마다 전화를 걸며 광고를 철회하라고 압박했다. 고객 정서에 민감한 기업들은 하나둘씩 드라마에서 손을 뗐다. 집단행동을 벌인 누리꾼들은 미소 지었다. '역시 자본주의에선 돈이 최고지.'

일련의 현상에서 나는 완전히 '소비자 정체성'을 갖게 된 개개인을 읽는다. 개인은 자신이 가진 '소비 권력'이 얼마나 강력한지 안다. 전국적인 반일 불매운동이 유니클로 같은 글로벌 기업도 맥을 못 추게 만든다. 형편이 어려운 형제에게 치킨을 먹이는 등 남몰래 선행을 베푼 치킨 가게 사연이 알려지자 '돈쭐 내주자(혼쭐과 돈의 합성어)'며 몰려든 이들의 배달 주문이 쏟아진다. 심지어 전국에서 배달 앱을 통해 주문이 몰려든다. 고객 요청 사항에는 하나같이 따뜻한 말 일색이다. "경남에서 주문합니다. 제가 주문한 치킨은 다음에 형제가 오면 주세요." 선한 사람은 '소비'로 혼쭐이 아닌 돈쭐을 내야 한다는 것. 참으로 자본주의스러운 연대다.

오늘날 소비 행위에 종속된 개인은 많은 행위를 소비로 환원하고 있다. 바야흐로 '소비자본주의' 시대다. 자본주의가 극도로 심화되면서, 개인의 자존이나 시민으로서 행사하는 권리 같은 것이 '소비 행위'로 환원되거나 증명되는 순간을 빈번하게 목격한다. 이러한 생태계에서 소비를 할 수 있는 '돈'은 나의 주체성을 지키는 최후의 수단으로 자리한다.

파편화된 개인이 각자도생하는 시대에 어쩔 수 없는 흐름이겠지 싶다가도, 단체 행동마저 자본주의화하는 것은 무척이나 우려되는 지점이기도 하다. 나를 지키기 위한 '방어적' 수단이 아닌, 외부를 공격하기 위한 무력으로 작용할 수 있기 때문이다. 자본주의적 응징이나 연대가 본래 취지가 아닌 '좌표 찍기'나 '대중 권력의 집단 린치'로 흐르고 있다는 점이 더욱 그렇다.

아무리 '손님은 왕'이라는 경구가 여전히 유효한 시기일지라도 모든 요구가 정당한 것은 아니다. 화르르 타오른 분노는 간혹 진짜 진실을 왜곡한다. 소비자의 권리와 비이성적 생떼를 분별하는 노력이 사회와 기업, 개인 모두에게 절실한 이유다.

3부 새로운 성공 서사

일터

재택근무 이전으로 돌아갈 수 있을까

코로나가 알게 한 것들

소파에 누운 채 엄지손가락을 휙휙 움직이며 세상만사 구경하다가 심장이 떨어지는 줄 알았다. SNS에서 우연히 마주친 기사의 제목.

“다시, 사무실로 돌아가 일할 준비 되셨나요?”

내게 묻는 질문도 아닌데 울부짖으며 ‘아니요! 아니요!’ 속으로 답했다.

온갖 복잡한 마음이 실타래처럼 엉킨 상태로 기사를 클릭했다. 내용인즉슨 백신 접종 속도가 빠른 미국에서는 금융가와 IT 회사를 중심으로 올가을까지 ‘사무실 완전 복귀’ 분위기가 조성되고 있다는 것이었다.

식은땀이 났다. 나는 아직 백신도 맞지 못했는데! 벌써 코로나19 종식의 시기가 성큼 다가온 걸까. 이렇게 재택근무의 시대가 끝나버리는 건 아닌지, 코로나19 기간 내내 '재택근무'로 인해 현대인의 패러다임이 바뀌었으며 종식 이후에도 영향을 미칠 것이라던 그 많은 기사는 왜 지금은 다 쏙 숨은 건지 야속했다.

기사의 첫 문장은 이렇게 시작됐다.

'다시 회사로 돌아갈 생각을 하니 끔찍하네요.'

"코로나19가 그동안 우리가 뭘 잃고 지냈는지를 보게 만들었어."

국내 백신 접종자가 100만 명이 넘었다는 코로나 2년 차의 어느 봄날. 특수 직종에 종사하지도 않는 데다, 앞날이 창창한 만큼 백신을 맞을 날도 기약 없는 젊은 여성 셋이 모였다.

최대한 외식 약속을 잡지 않았던 터라 모처럼 사람들과 함께 먹은 저녁 식사였다. 밥을 먹고 나니 코로나19로 인한 영업시간 제한으로 카페에 30분밖에 앉아 있을 수 없었다. 그러나 다른 사람의 존재를 인식하고, 근황을 나누고, 동시에 웃음이 터지기도 하는 그런 순간을 느낀 지 오래라 쉽사리 귀가할 수 없었다. 짧은 시간이지만 꾸역꾸역 자리잡고 앉아 팬데믹 이전인 것처럼 여유를 즐겼다.

공통 화제는 '이후의 삶'이었다. 단순히 '보복 소비'를 할 수 있는 순간이 오면 시간이 나는 족족 국제선 비행기를 타리라. 단 이틀이라도 짬이 나면 큰 특색 없는 이웃 나라의 작은 마을도 샅샅이 훑으리라. 부푼 희망을 얘기했다. 몸은 이미 공항 탑승장에 있는 것만 같았다.

"그런데 그런 날이 올까?" 비관론도 제기됐다. 전 국민 집단 면역이 한 차례 완성되면 잠깐은 해외에 갈 수 있을지 몰라도 또 다른 형태의 전염병이 더 자주 강력하게 생겨날 것이라는 이야기에 금세 풀이 죽었다. 미래를 바라보는 시선은 달랐지만 어찌 됐든 우리는 대체로 비슷한 감각을 공유하고 있었다. 다시는 코로나19 이전의 삶으로 돌아가지 못하리라는 것.

대표적으로 일하는 형태가 그렇다. 이날 나를 포함해 모인 세 사람은 일한 지 7년 차쯤 되는 30대 초중반의 여성들. 나는 7년째 기자라는 같은 직업을 갖고 있다. A는 중간중간 갭이어를 가지면서 스타트업에서 여러 차례 이직을 하며 커리어를 쌓아가는 인물. 그리고 B는 열정을 쏟았던 분야를 뒤로한 채 퇴사를 결심, 서울을 떠나 지방에서 새로운 창작활동을 하기로 마음먹은 이였다.

60년 넘는 역사를 가진 전통적인 회사에서 정규직 형태로 연공서열에 따라 보상을 받는 나의 업무 형태는, 내가 취업 준비를 했던 2010년 초중반만 하더라도 모두가 '직장인'을 상상하면서 그리는 일반적인 모습이었다. 친구들은 대기업에 입사하기 위해 적성검사 문제집을 겨드랑이에 끼고 다녔고, 취업이라는 관문을 통과하면 드디어 우리도 '나인 투 식스9 to 6' 인간이 될 것이라고 기대했다. 그리고 나는 코로나19 기간에 간헐적으로 재택근무를 했지만 '나인 투 식스'라는 기본 틀은 여전히 유지하고 있다.

"난 이제 예전으로 돌아가라고 하면 못 돌아갈 것 같아." A가 말했다.

A가 다니는 회사는 코로나 이전에도 재택근무를 시행했다. 줌을 통해 회의를 하는 것은 일상적인 풍경이라고 했다. 집에서 일한다는 것이 조금의 '제약'도 되지 않는다고 말했다. 혹은 자신이 맡은 일만 제대로 한다면야, 언제 출근해도 상관없는 '유연근무제'를 도입하고 있는데 그는 자신이 하루의 타임라인을 설정하며 업무 능률을 극대화할 수 있다는 점에서 굉장히 만족한다고 했다.

세계적 도시의 사람들은 정말로 시간을 분산시킬 필요가 있다. 극악의 인구밀도를 자랑하는 서울(수도권)은 더 그렇다. 오전 7~9시 콩나물시루 같은 출근길 대중교통을 견디고 출근하면 벌써 모든 업무를 다 처리한 것처럼 기진맥진하다. 오후 6시부터 이어지는 퇴근길은 어떤가. 가뿐한 발걸음도 묵직하게 만드는 도시 풍경에, 차라리 야근을 자처하며 한가한 귀가를 택하게 된다. 이런 단점을 조금 더는 것이 바로 유연근무제. 근무 시간을 제대로 채우기만 한다면야, 본인이 편한 시간에 출근해 퇴근하는 제도다. 일부 혁신적인 대기업이나 많은 스타트업에서 택하는 방식이다.

학창 시절 1교시, 2교시…… 그리고 야간자율학습까지 빈틈없이 짜인 시간표를 버틴 나날들이 있었다. 학급마다 주어진 시간표에 따라 40명이 똑같이 사는 것이 코로나19 시대에는 가당키나 할까.

다 함께 석식을 먹고 난 뒤 밤 10시까지 이어지는 야간자율학습은 이름만 '자율'일 뿐 '타율' 그 자체였다. 3시간 남짓한 시간 동안 100퍼센트 몰입하는 친구도 있었지만, 만화책을 숨겨 보면서 키득거리거나 부족한 잠을 보충하는 친구도 적지 않았다. 융통성 없게 수시 1차에 이미 합격한 친구들도 '통제'를 목적으로 자리를 지켜야 했다. 수능이 며칠 남지 않은 아이들은 분위기를 어수선하게 만드는 합격자들이 조기 귀가했으면 싶었지만, 학교는 그런 자율을 허락하지 않았다. 누군가는 새벽 시간에 능률이 올랐겠지만, 공교육은 고정된 시간표를 강제했다. 효율보다 관리가 우위를 점한 시대였고 공간이었다.

강제하는 시간표대로 살아야만 한다고 생각했다. 그것이 성실의 척도였다. 때때로 그런 모범생적 타임라인이 내가 '규범 안에 머물고 있다'는 안정감을 줬다. 정해주는 시간표대로 12년을 살다가 대학생이 되면 경험하는 '약간의 자율'이 어색하기도 했다. 그러나 사회생활을 시작하자마자 우리는 또다시 시간표로 뛰어든다. 현대인의 다른 말은 '나인 투 식스'다.

그런데 코로나 때문에 모든 직장인의 공통된 요소인 것만 같던 이 규범이 송두리째 흔들리고 있다. 어떤 회사는 출퇴근 인구 분산을 위해 유연근무제를 택했다. IT 업계를 필두로 한 재택근무 문화가 보편화되면서, 이제 우리는 출근하지 않아도 일할 수 있다는 걸 알게 됐다. 네이버 라인은 코로나19 종식 후에도 완전 재택근무제를 도입하겠다고 밝혔다.

심지어 재택근무는 '절약의 양식'이었다. 대도시의 러시아워를 뚫고 근무지로 가지 않아도 됐다. 시간도, 체력도, 감정도 아낄 수 있었다. 이렇게 비축한 에너지는 오롯이 업무 효율로 이어졌다. 엄청난 능률, 마르지 않는 아이디어, 머무르지 않는 실행력……. 물론 나는 직업 특성상 첫해에는 재택근무를 거의 하지 못했지만, 코로나 2년 차에는 이따금 재택근무를 하면서 현시대를 체감하고 있다.

낯선 '재택근무'라는 것이 한 번 몸에 익으니, 그동안 보지 못했던 많은 것이 보이기 시작했다. 오로지 일을 하기 위해 일의 시작과 끝에 붙었던 군더더기를 제외하니 일에 더 집중할 수 있게 됐다.

코로나19 이전 삶의 양식이 오히려 낭비로 느껴졌다. 출근하기 위해 아침 일찍 일어나 샤워하고 머리를 말리고 화장을 하고 날씨에 맞는 복장을 선택해 갖춰 입고 나면, 느긋한 아침 식사를 할 여유 없이 대중교통 수단에 몸을 싣고 출근 전 커피 한 잔으로 정신을 겨우 챙기던 날들. 지하철을 탈 때마다 돈을 더 벌어 도심으로 이사하고 싶다는 욕구가 치솟았다.

하지만 이제 실제 내가 있는 물리적 공간이 '쾌적하기만 하다면' 위치는 크게 중요하지 않아졌다. 실리콘밸리도 팬데믹 내내 장기 원격근무 체제에 돌입했는데, 마이크로소프트는 코로나19 이후에도 직원들이 근무 시간의 절반 정도는 재택근무를 하도록 허용하기로 했다. 페이스북, 트위터도 직원들의 재택근무 여지를 활짝 열었다. 그러다보니 도심에 다닥다닥 붙어 살던 이들이 점점 교외로 흩어져 오히려 집값이 비쌌던 '직주근접' 동네보다 교외의 집값이 오르고 있다고 한다.

덕지덕지 붙은 군더더기에서 벗어나니 '일과 나'의 관계를 새롭게 정립하게 됐다. 불편한 파티션 책상이 아닌 내 편의에 맞춰 갖춰진 쾌적한 공간에서도 얼마든지 일을 할 수 있다는 것. 업무에 착수하기 전 앞뒤에 붙은 불필요한 예열 시간이 없으면 열효율이 떨어지는 게 아니라 잉여 에너지를 비축할 수 있다는 것. 이 같은 고정된 틀 안에서 나의 자율성이 얼마나 억압받고 있었는지, 하루에 얼마나 많은 시간을 소모적인 일에 쏟고 있었는지를 직면하게 되는 것이다.

"이제 이렇게 자유롭게 일하는 방식이 몸에 익어서, 업무 형태를 엄격하게 통제하는 회사는 정말 못 다닐 것 같아. 이런 자율성이 오히려 내 창의성을 훨씬 활성화하는 것 같기도 해." A가 말했다.

"코로나 이전의 우리가 얼마나 노예였는지를 깨닫게 된 거지." B가 말했다.

곧 서울 생활을 정리하는 B는 얼마 전 직장을 퇴사했다. 그리고 웹소설 창작활동을 하기로 결정했다. 굳이 서울의 높은 주거 비용을 감당할 필요가 없기에 과감하게 짐을 빼고 고향 근처 지방 소도시로 이주할 계획을 세웠다.

일생일대의 결심에 불붙인 건 코로나19. 긱gig 경제니 플랫폼 노동이니 새로운 형태의 노동이 우후죽순 생겨나고, 창작활동을 위한 오픈 플랫폼은 새로운 기회를 열어줬다. 게다가 코로나로 인해 콘텐츠를 소비할 여유가 많아진 이들은 적극적으로 좋은 작품에 값을 지불한다. 물리적 환경이 급변하며 삼박자가 맞은 것도 있지만, 무엇보다 코로나로 인해 그동안의 시스템이 보여주지 않았던 세상이 열렸다고도 했다.

"회사라는 틀이 없어도 코로나로 충분히 돈을 벌 수 있고 기회가 있다는 걸 알게 됐어. 게다가 우리가 놓치고 지낸 것도 이제야 알게 됐고." B가 말했다.

'코로나 이전의 삶이 노예인 줄 알게 됐다'는 B의 말이 콕 박혔다. 일과 떼려야 뗄 수 없는 삶을 사는 우리. 시시때때로 일과 나의 관계에 대해 고민하지만, 힘없는 일개 피고용자인 우리는 회사에 종속된 삶에서 조금도 벗어나지 못한다. 예전처럼 '회사가 잘돼야 내가 잘된다'는 명제를 철석같이 믿는 시대가 아니다. IMF 금융위기 이후 밀려드는 신자유주의의 밀물 속에서 성장한 우리다. '평생직장'이나 '정년퇴직' 같은 것은 존재하지 않는다고, 단 한순간도 안주하지 말고 자기계발할 것을 강요당했다. 이런 우리에게 회사를 다니는 순간만큼은 '평생 다니는 것처럼'의 마인드를 요구하는 것은 기실 인과관계가 잘 들어맞지 않는 논리다.

한때 직장을 꾸준히 다니는 것 외에 별다른 목표나 도전이 없어도 상관없던 시대가 있었다. 그게 나쁘다는 것이 아니라, 그렇게 살아도 됐던 때와 지금은 다르다는 것을 강조하고 싶다. 교육 과정에서, 그리고 미디어가 보여주는 다른 이들의 삶의 모습은 쉽게 직장 밖의 삶을 상상할 여지를 주지 않았을 것이다.

하지만 지금은 다르다. SNS, 유튜브, 심지어 매스미디어가 조명하는 타인의 삶을 통해 다채로운 선택들을 목격한다. 그리고 이러한 콘텐츠들은 지속적으로 사람들에게 주문을 읊는다. '회사는 당신을 끝까지 책임지지 않을 것이다. 기회 있을 때마다 새로운 것에 도전해야 한다. 평생직장이란 없다. 가슴 뛰는 일이 생기면 언제든지 시도하라.'

얼마 전 다양한 업계 직장인의 일상을 브이로그 형태로 방영하는 지상파 프로그램 「아무튼 출근」을 봤다. 자유분방한 10년 차 카드회사 대리의 모습이 선명하게 기억에 남아 있다. 한 아이의 아버지이기도 한 그는, 보수적인 금융회사에서도 곱슬거리는 머리를 찰랑이며 뛰어다니는 자유분방한 성격이다. 그의 모니터에는 '언젠가 잘리고, 회사는 망하고, 우리는 죽는다'라고 직접 쓴 글귀가 붙어 있었다. 물론 눈치를 볼 수밖에 없는 노동자의 처지를 대변하듯, 자신의 눈에만 띌 정도로 소박한 크기로 말이다. 곧 안식월 한 달을 받아 혼자 제주에서 캠핑을 할 것이라는 그의 말들이 마음에 콕 박혔다. "일보다 중요한 건 내 인생이에요." "회사를 평생 다닐 순 없으니까 있는 동안만 열심히 하자." 그래, 나만 이상한 게 아니었다. 이렇게 앞서 외치는 사람이 있어, 뒤의 사람도 새로운 꿈을 꿀 용기를 얻는다.

경쟁과 불안정이 DNA에 깊게 새겨진 세대다. 정년을 채우는 게 직장생활의 목표가 절대 아닌 만큼, 코로나로 자신에 대해 생각해볼 시간이 많아지자 자연스럽게 다른 기회를 탐색하는 이도 늘었다.

시간의 풍요는 필연적으로 창작욕의 증가를 수반한다. 코로나 시대에 주식투자나 명상, 집콕 취미생활 만큼이나 확산된 것이 창작생활이다. 프랑스의 한 출판사는 몰려드는 투고에 "원고를 그만 보내줄 것"을 공지로 내걸 정도라고 하니, 이런 현상은 만국 공통일 듯싶다.• 평생 일기 한번 쓰지 않던 이들도 브런치 등 오픈 플랫폼을 통해 자신만의 글을 쓰기 시작했다. '나의 서사 기록하기' 같은 제목으로 모집하는 유료 온라인 글쓰기 모임을 SNS에서 쉽게 찾을 수 있다. 누군가는 유튜브 영상을 제작하고, 누군가는 독립 출판을 통해 책을 펴낸다. 대부분 직장에 적을 두면서도 '부캐'로 창작을 하는 사람들이다. 나 역시 주말에는 외출을 극도로 삼가며 오로지 독서와 쓰기로 시간을 보낸다.

• 「집콕이 부른 '원고풍년'… 프랑스 출판사들 "글 좀 그만 보내세요!"」, 조선일보, 2021. 4. 13.

사람들은 왜 갑자기 글을 쓰기 시작했을까. 왜 자신만의 기획을 꾸려갈까. 왜 영상과 음성 등 어떤 방식으로든 생을 기록하고자 할까. 나는 그것이 '나의 결과물'이 회사에서 십분 평가받지 못하는 업무 풍토에 기인한다고 생각한다. '요즘 애들'은 자신의 아이디어에 대한 '카피라이트' 개념이 확실하다. 어떤 프로젝트를 진행했을 때, 그것이 오롯이 자신의 포트폴리오로 남기를 바란다. 내 기획과 그것에 투여한 나의 기여를 온전히 보상받길 원한다. 물론 기자로 일하는 나는 기사마다 내 이름이 남고 기사라는 결과물이 남기 때문에 이러한 고민에서 비교적 자유롭다. 하지만 많은 친구가 자신이 회사에서 하는 일들이 '내 이름'으로 남지 않고 회사의 성과로만 남는 풍토 때문에 의욕을 잃는다고 빈번히 토로했다.

"회사에서 일할 땐 항상 선택받기를 기다려왔어. 그런데 코로나 기간에 곰곰이 보니 오픈 플랫폼이 워낙 많아서 나의 창작물을 기다리는 사람이 정말 많은 거야. 웹툰이든 웹소설이든 말이야. 그래서 나는 지금까지의 커리어를 그만두고 웹소설을 쓰기로 결심했어. 이 동네는 깔끔하게 돈으로 말해. 실력이 있으면 돈을 벌거든. 사내 정치도 필요 없고, 사람들과의 관계 때문에 전전긍긍하지 않아도 되고. 게다가 서울에 살지 않아도 되고. 이렇게 살 수 있다는 걸 코로나19가 가르쳐준 거지."

B가 말했다. 어려운 시기에 큰 결심을 한 B의 새로운 도전에 커다란 응원의 마음을 보낸다.

누구도 노동에서 소외되고 싶지 않다

"이혜미씨는 왜 기자가 되고 싶나요?"

"저는 제 노동에서 단 한순간도 소외되고 싶지 않기 때문입니다."

취업준비생 시절 언론사 입사 전형에서 늘 받았던 질문, '왜 기자가 되려고 하느냐'. 나는 항상 마르크스의 '노동 소외' 개념을 끌어와 같은 대답으로 일관했다.

2010년대 초반 대학을 다녔다. 캠퍼스에서 '운동권'이나 '마르크스'라는 단어를 즐비하게 봤던 세대는 아니다. 오히려 이념, 사상 같은 단어는 구시대의 유물로 여겨지곤 했다. 사상에 대한 질문은 많아봤자 대여섯 살 차이밖에 나지 않는 20대 초중반의 청춘들끼리 '누가 꼰대인지'를 식별하며 수군거리는 가늠자였다. 그만큼 캠퍼스는 탈정치화했고, 고도의 신자유주의 아래에서 자란 친구들은 '모름지기 대학생은 이래야지'라고 정해놓은 틀을 한참 겉돌았다.

나 역시 다를 바 없었다. 우선은 대학을 다니는 내내 스스로 생활비를 벌어 입에 풀칠해야 하는 신세라, 이념이나 사상에 심취할 여유가 없었다. 물론 사회 부조리, 불평등 구조, 지난한 성평등 등에 기본적으로 문제의식을 갖고 있었기에 기자의 꿈을 품었다. 그러나 그보다 실용적인 것이 우선이었다. 먹고사는 것이 더 먼저였다. 그런 분위기였고, 나 역시 그런 아이였다.

'기자가 이렇게 무식해도 되느냐'는 비판을 받을지 모르겠지만, 마르크스의 저서를 제대로 탐독한 적이 없다. '인간의 모든 역사는 계급투쟁의 역사'라는 경구 같은 건 고작해야 사회 교과목이나 교양 수업을 통해 익혔다. 그저 『공산당 선언』의 첫 구절을 필요할 때마다 '밈meme'처럼 쓰곤 한다. 예를 들어 수년째 '디지털 혁신'을 부르짖는 언론계를 풍자할 때 '하나의 유령이 한국 언론계를 떠돌고 있다, 디지털 혁신이라는 유령이'라는 말을 중얼중얼거리는 것처럼.

사회주의 서적을 달달달 읽어야만 대학생으로서 긍지를 가질 수 있는 때가 아니었다. IMF 금융위기 이후 신자유주의 바람을 타고 성장기를 보낸 내 또래들에게 가장 인기 있는 학문은 경영학, 경제학 등 상경계열이었다. 극회나 철학연구회보다 모두가 창업 동아리, 경영학회에 이름을 올리길 원했다. 그런 학회는 신입생을 뽑을 때도 '리크루팅'이라는 형식을 내걸었다. 외국어문학부로 입학해 2학년이 되면 영문학, 중문학, 불문학, 독문학, 노문학 등 전공을 선택해야 했는데 영문학 전공을 둘러싼 경쟁률은 무척 치열했다. 다른 학문이 전형적인 '문·사·철(문학, 사학, 철학 등 취업이 잘 되지 않는 인문학 전공을 뭉뚱그려 분류하는 말)'의 향기가 물씬 난다면, 영문학은 그래도 취업 시장에서 꽤 실용성을 띠는 것처럼 보였기 때문이다.

세대가 공유하는 시대 감각은 바뀌었으나 캠퍼스에는 사상의 풍취가 얼핏 남아 있는 듯도 했다. 신입생 오리엔테이션 등 학과 행사 때마다 진행됐던 일종의 '~주의' 교육이 그러했다. 나는 방학 때마다 아르바이트를 해야 해서 한 번도 참석하지 않았지만 친구들은 곧잘 농촌 봉사활동을 갔다. 여전히 사상적 토대가 중요한 인문대 생활이어서, 벽 곳곳에 붙은 대자보는 각자의 이념 지향을, 주로 진보적 견해를 명확하게 내비치곤 했다. 그러나 확실히 과거와는 달랐다. 총학생회 선거는 주로 '운동권 대 비운동권'의 구도로 이뤄졌다. 이념과 끈끈한 동지애를 실용과 능력주의가 대체하던 변곡점이 되던 시기였다. 그 당시 친구들은 운동권 학생회가 내세우는 대의명분에는 동의하지만, 그것을 대학 학생회 단위가 해결할 수 있는 의제인지에 대해서는 의문을 품었다.

먼지가 뽀얗게 앉은 2010년대 캠퍼스 장면을 구태여 소환하는 이유는, '나는 왜 일을 하는가'라는 어려운 질문에 대한 답을 꺼내기 위해서다. 마르크스는 모르지만 '노동 소외'라는 말에 확 꽂혀버린 나는, 이데올로기에 경도된 심사위원이 색안경을 끼고 보든 말든 개의치 않고 자기소개서마다 '노동에서 소외되지 않기 위해 기자가 되고자 한다'라고 썼다. 물론 마르크스가 무슨 의미로 한 말인지는 딱히 이해하지 못했고, 다만 그 말 자체가 주는 어감을 좋아했다. 어떤 상황에서든 노동자로서 '주체적'으로 살 수 있다는 의미로 다가왔다.

개똥철학에 기반을 둔 포부였지만, 7년 차 기자가 된 지금 돌아봤을 때 나의 자기소개는 일견 유효한 지점이 많은 듯도 하다. 호주의 칼럼니스트 헬렌 레이저는 저서 『밀레니얼은 왜 가난한가』에서 "일반 노동자와 달리 지식 노동자는 노동 생산물로부터 철저하게 소외되어 있지 않고, 이 점에서 상당히 평범하지 않은 노동자 집단에 해당한다"•고 주장했다. 그가 지식 노동자들이 상대적으로 덜 소외된다고 보는 논지는 이렇다. 기사나 책을 쓰더라도 소유권은 출판사나 신문사(회사)의

• 헬렌 레이저, 『밀레니얼은 왜 가난한가』, 강은지 옮김, 아날로그, 2020, 198쪽.

것이지만 내가 그 내용을 썼다는 것에는 변함이 없다. 또 창작 행위 속에서 스스로 힘을 얻는다고 느끼며, 동료들로부터 단절되어 있다는 느낌을 받지 않는 데다, 비록 노동 강도에 비해 적은 보수를 받는다고 할지라도 여러 분야에서 일가를 이룬 사람들을 만나며 보람을 찾을 수 있다.

그의 말에 십분 동의할 수밖에 없는 것이, 극악의 업무 강도를 자랑하는 일이지만 '내 이름'을 내건 잘 쓴 기사 하나면 정말로 몇 날 며칠의 고생이 눈 녹듯 사라지는 기분이 든다. 간혹 '자신의 마음에 드는 기사가 아니'라는 이유로 온갖 모멸적 언어를 써가며 보도 가치를 폄훼하는 다수로 인해 기운이 빠지기도 한다. 그러나 단 한 명의 열독자로부터 진정성 가득한 피드백을 받으면 뱃살에 파묻혀 존재감 미미한 복근 끝에서부터 불끈 힘이 샘솟는다. 나는 종종 "남은 생에 기자는 더 이상 하고 싶지 않지만, 다시 태어나면 또다시 기자가 되고 싶다"고 말한다. 그만큼 나의 '열심'이 눈에 보이는 결과물을 낳고, 또 사회에 필요한 기운을 전파한다는 보람은 상상 이상으로 크다.

그러나 이렇게 일에서 소외되지 않는 직업은 아주 극소수일 테다. 또래 사이에서 출근할 때 '영혼을 두고' 집을 나선다는 경구가 괜히 유행하는 것이 아니듯 말이다. 일을 할 때 자아는 최대한 옅은 것이 좋으며, 부당한 것에 눈감고, 대답은 '네' 한 가지로 통일하면 편하다고들 한다. 퇴근 후 친구들과의 단톡방에서는 회사 욕이 끊이지 않는다. 근처에 가보지도 않은 생판 남의 회사지만, 그곳에 다니는 김 과장, 박 부장을 길에서 우연히 마주치면 '꾸벅' 인사를 할 것만 같다. 내 친구가 워낙 안 좋은 소리를 많이 해서 이미 그에 대해 모르는 게 없기 때문이다. 얼마 전 온라인 세상에서 '보통의 밀레니얼이 직장을 대하는 태도'라는 제목의 글이 크게 화제가 된 바 있다. '흔한 95년생은 이렇게 생각해요'라고 달린 부제만큼 진솔한 MZ세대 직장인의 생각을 엿볼 수 있었다. 글에 따르면, 글쓴이는 '①승진에 열 올리기보다 일을 덜 하고 싶다. ②직장에서 일 열심히 한다고 누가 알아주나. 즐기기나 하자. ③어차피 월급에 희망은 없고, 일찍부터 사이드 프로젝트(사업이나 투자)를 해야 한다. ④직장 밖에서 나는 하나로 정의할 수 없는 브랜드다. 창작하라. ⑤'진짜 인간관계는 직장 밖에 있고, 원격근무는 최고의 방법이다'라고 생각한다. 모든 지점에 동의하는 것은 아니지만, 분명한 점은 '요즘 애들'의 변화무쌍한 생각과 달리 일에 대한 담론은 정체 중이라는 것이다. 이런 생각을 품은 동료는 어느덧 성큼 일터 같은 공간에서 함께 숨 쉬고 있는데 말이다.

이런 장면이 쌓이고 쌓이면, 그 결과는 밀레니얼 사회 초년생의 기존 체제 대거 이탈일 것이다. 입사 4년 차 직원이 성과급 산정 기준을 놓고 CEO와 회사를 향해 문제 제기한 장면,

몇몇 기업에서 기존 노조와 다른 제3의 'MZ 노조'가 등장하는 장면은 이런 흐름의 서막에 불과할지도 모른다.

부캐, 나를 숨 쉬게 하는 탈출구

나의 주체성, 자율성이 중요한 MZ세대에게 '노동 소외'만큼 피하고 싶은 상황도 없다. 내가 하는 일이 단순 조립이라 할지라도, 그것을 어떻게 끼우고 순서를 정할지는 스스로 결정해야 노동의 의미를 찾을 수 있다. 다행히 여러 지식노동자는 노동 소외 현상에서 한발 비켜설 수 있으나, 많은 사무직, 제조업 노동자는 그렇지 못한 실정이다. 일에서 '자아실현'을 하자는 구호는, 플랫폼 노동 시대에 너무나 낭만적으로만 들린다.

부캐에 대한 욕망이 뭉게뭉게 피어나는 건 필연적이다. 비대면 시대, 이제 우리는 온라인으로 취미생활을 갖는다. 취미에 대한 키트를 팔고, 수업을 제공하는 한 온라인 교육 서비스에서는 이제 '부업 콘텐츠'가 각광을 받는다. 부업의 내용도 과거 인형 눈알 붙이기 정도를 상상하면 오산이다. 쇼핑몰, 인스타그램 인플루언서들의 촬영을 위한 스튜디오 렌털 서비스에서부터 웹소설 창작, 유튜버 등 각양각색이다.

나의 부캐는 뭘까. 나는 스스로를 '날카로운 글로 세상에 화두를 던지는 여성'이라고 정의 내리고 싶다. (나름 브랜딩 책을 두루 읽으면서 내린 결론이다.) 나의 직업이 기자든 아니든 관계없이. 세상의 언어는 이러한 직업을 '작가'라고 칭하겠지만, 나는 내 정체성을 작가로 규정하지는 않는다. 그저 세상에 필요한 질문을 글로 던지는 사람, 그리고 세상의 수많은 논쟁을 활자를 통해 논박하는 사람을 꿈꾼다.

감사한 것은 '기자'라는 직업이 글을 쓰는 것으로 생계를 이어가는 데 탄탄한 기반이 되어준다는 것이다. 허나 '글 쓰는 사람'이기 전에 한 사람의 '노동자'이기 때문에, 일터에서 쓰는 나의 글은 이따금 내 전부가 아니기도 하다. 매 순간 직업 윤리를 잃지 않으려 하나, 가끔씩은 밥벌이를 위한 형식적인 결과물을 만들어내기도 한다. 인간이기 때문에 항상 영혼을 갈아 넣지도 못한다. 회사의 필요에 의한 글을 쓰는 순간도 있다. 물론 그 대가로 나는 안정된 고용 상태와 월급을 얻는다. 순탄한 일상을 영위하기 위해 필수적인 것들이다.

한 가지 분명한 것은 일터에서 '써야만 하는 글'을 쓰는 것과 별개로, 퇴근 후 행하는 '제약 없는 글쓰기'는 내 생각에 날개를 달아준다는 점이다. 쓰면서 자유를 느낀다. 쉬지 않아도 지치지 않는다. 나는 누구인지, 나의 생각을 활자로 옮겨놓은 이 행위가 세상의 또 다른 누군가와의 어떤 소통 행위인지를 깨닫게 된다. 각주를 통해 나의 생각과 연결된 다른 시대의 타인과 연대하는 기분을 느낀다. 방금 막 어항에서 건져낸 광어처럼 힘차게 팔딱이는 활자를 본다. 그리고 그 속에는 내가 살아 있다.

내가 생각하는 부캐란 그런 것이다. 꾸역꾸역 일상을 유지해야 하는 그런 쳇바퀴 속에서도 나를 숨 쉬게 하는 탈출구. 그리하여 내가 이 세상 속 하나의 볼트와 너트 같은 소모품이 아니라, 존재하고 또 존재하는 유기물임을 확인하는 과정. 그러니 관리자들은 '우리 직원이 본업에 열중하지 않고 퇴근 후 생활로 본말이 전도된 것 아닌가' 하는 우려는 잠시 거둬두시라. 하루를 이모작으로 살고 싶은 그 직원은 기본적으로 일터에서도 최선을 다하는 노동자일 것이다. (개성 있는 MZ 직장인들 역시 '본업을 잘하는 것이 기본'이라는 생각을 늘 잊지 말았으면 좋겠다.) 오전 9시에서 오후 6시에 이르기까지 '열심'을 다해 직장에 투신함과 동시에, 완벽히 해소되지 않는 약간의 그 자아실현의 갈망. 그 작은 틈을 '부캐'라는 가상의 자아를 통해 효능감을 느끼고자 하는 것이다.

중요도에 따라 인간의 욕구가 단계별로 나뉘어 있다는 매슬로의 피라미드에 따르면, 자아실현은 가장 상단에 놓인 욕구다. 의식주 등 모든 욕구를 충족해 기본적인 생활을 영위하는 중에, 기어코 손을 뻗어 붙잡고 싶은 최고의 목표다. 나는 '부캐'라는 개념을 동원해 일상을 생기 있게 사는 사람들 중 본업에 소홀한 사람을 그다지 보지 못했다. 아는 동생은 내로라하는 글로벌 IT 기업에 다니면서도 짬짬이 디제잉을 배운다. 클럽에서 비트를 능수능란하게 다루고, 공간 그 자체를 즐긴다. 또 다른 친구 한 명은 변호사라는 그럴듯한 직업을 갖고 있음에도, 주말이면 요가원에서 수련하며 '요가 강사 과정'을 듣는다. 이들의 노력은 지금의 직장이 충분한 경제적 보상을 주지 못하거나, 원하는 사회적 지위에 가닿지 못해 언젠가 회사를 탈출하기 위한 플랜B를 위함은 아닐 것이다. 나의 명함을 이루는 일은 일대로 하고, 근원을 찾아가는 과정은 업무 시간이 아닌 또 다른 시간에 해나가고 싶은 것이다.

각자가 어려운 시대를 뚫고 나가는 가운데, 젊은이들의 부캐 열풍을 기성세대가 너무 각박하게만 보진 않았으면 좋겠다. 가진 자산이라곤 내 몸뚱이 하나뿐인 우리가 삶에서 의미를 찾고, 약간의 부가 수익을 꾀하며, 자신의 생산성을 십분 고취시키는 데에는 이만한 활동도 없기 때문이다. 어느 나라의 젊은이들처럼 마약에 취해 있는 것도 아니고, 홧김에 관공서 건물에 불을 지르는 것도 아니니 이 정도면 얼마나 건전하고 견실한 일탈인가. 기존 질서로부터 벗어나려는 마음마저 너무나 체제 순응적이고 올바른 우리의 모습에 나는 외려 서글픈 느낌이 들 정도다. 그러지 않아도 된다고, 더 과감하게 일탈해도 된다고 말하고 싶다. 그러면서도 동시에 고작 글 쓰는 자아인 '부캐'로 빙의해 '부캐 생활'을 옹호하는 글을 얌전하게 쓰는 내가 어쩌면 현재 질서의 최대 순응자일지도 모르겠다.

이왕이면 행복한 노비가 되자

'역시 노비를 해도 대감집 노비를 해야 해.'

평범한 직장인 연봉 빰치는 대기업의 성과급 지급 소식이 언론을 통해 들려올 때면 쉽게 들을 수 있는 넋두리다. 공무원이나 중소기업 재직자, 혹은 성과급 같은 건 기대하기 어려운 업계 종사자들에게는 '성과급 랠리'가 별세상 이야기 같다.

21세기 현대사회의 노비는 두 부류로 나뉜다. '공노비'와 '사노비'. 노동자를 '노예' '노비'라 일컫는 것에 더러 거부감을 느끼는 사람도 있겠다. 하지만 낙담이나 비관, 자조 같은 감정을 배제하고 스스로를 지칭할 때 이런 호칭은 현실 세계에서 나름 귀엽게 용인된다.

"그래도 공노비 처지라서 마음이 덜 불안하네요."

코로나19로 거듭된 경영 악화로 인한 사기업의 구조조정 소식에는 으레 이런 댓글이 달리고,

"사노비의 유일한 장점이죠."

불황에도 불구하고 업황이 좋은 기업의 직원 복지 확충 소식에는 이런 반응이 주를 이룬다.

사노비는 또다시 두 갈래로 나뉜다. 온갖 복리후생, 높은 연봉, 체계적인 근무 환경을 갖춘 대기업에서 일하는 '대감집 노비', 그리고 그 외 회사에서 일하는 노비.

노동의 대가인 임금상승률이 체감하는 물가상승률과 버거운 각축을 벌이고, 회사에서의 나는 결국 부속품이라는 것을 깨달은 노동자들은 스스로를 '노비'라 칭한다. '노비'라는 단어의 쓰임은 풍자적이지만, 동시에 현실 파악에 냉혹한 자본주의 키즈의 직관적 표현이기도 하다. 한 헤드헌팅 업체의 분석• 에 따르면, 100대 기업에서 직원 128.8명당 임원은 한 명꼴이었다. 전체 경쟁률이 130 대 1 정도인 것이다. 한국전력공사는 임원 승진 경쟁률이 7000 대 1이라고 하니 그야말로 '하늘의 별 따기'인 셈이다. 한때 야망 많은 나의 여자 친구들은 대학 다닐 때만 해도 "○○ 기업의 첫 여성 임원이 될 거야!" 같은

• 「'임원승진' 한전, 7000대 1로 가장 어려워…삼성전자 101대 1」, 신아일보, 2020.11.11. http://www.shinailbo.co.kr/news/articleView.html?idxno=1341872

포부로 가득했지만, 사회생활 만 5년을 넘긴 지금은 하루하루 출근하는 것만으로도 기적 같은 날이라고 한다. 인생에서 가장 좋은 순간을 회사에 투신한다고 해도, 돌아오는 것은 50대 길목에서 맞닥뜨리는 은근한 퇴직 권유일 것이다. 기혼 여성이라면 그 시기가 30대 후반까지도 앞당겨진다. 회사가 나의 미래를 책임져줄 수 없다는 생각에 사로잡힌 노동자들은 스스로를 '노비'라 부르며, 그저 주인님이 '먹고 재워주는' 만큼만 최선을 다한다.

"난 꼭 출근해서 일하는 도중에 똥을 눠. 집에서는 웬만해선 안 눠."

사회생활을 하며 만난 누군가가 내게 말했다. 나는 신호가 오면 가는 거지, 변을 보는 장소가 회사인지 집인지가 뭐 그리 중요하냐고 되물었다. 그는 "회사에서 누면 똥 누고 월급 받는 거잖아"라며 쾌활하게 답했다.

스스로는 위트 있는 행동이라 여길지 모르겠지만, 나는 쉽게 웃을 수 없었다. 저렇게 사사건건 회사에 손해 보지 않으려 한다면 얼마나 일상이 괴로울까 하는 생각이 들었기 때문이다.

회사를 벗어나는 '퇴사'가 모두의 소망이 된 시대를 살고 있어서일까. 이런 사고방식으로 오히려 삶을 더 피곤하게 만드는 이들을 드물지 않게 본다. 회사에서 자아실현을 하려는 이를 마치 세상 물정 모르는 사람으로 치부하고, '지나치게' 열심히 하는 동료를 '어차피 다 같은 노비 신세일 뿐인데'라며 아둔하다고 바라보는 시선들. '회사는 그저 주식이나 부동산 투자를 할 시드머니를 모으기 위한 수단'이라며 진심을 다하기보다 근근이 하루하루를 때우면 그만이라며 동료의 사기를 떨어뜨리는 이들을 보면, 나는 자주 불편한 마음이 든다.

회사는 분명 나의 자유를 제약한다. 최근까지 나는 나의 '노동력'을 제공하고 회사로부터 월급을 받는다고 생각했다. 그러나 코로나19를 거치면서 생각을 바꿨다. 모든 노동자는 인생에서 가장 귀중한 시기의 '시간'을 팔아 월급을 받는다는 것을 직시하게 됐다.

'회사를 다닌다는 것'은 엄청난 기회비용을 지불하고, 노동을 선택한 일이다. 느지막이 일어나 모두가 출근한 시간에 우아하게 브런치를 먹는 것, 혹은 고용되기를 거부하고 자신의 사업체를 일궈 월급에 비할 바 되지 않는 큰 수익을 얻는 것, 디지털 노마드처럼 고정된 출근처를 정하지 않고 일하는 것 등등. 이 모든 삶의 양식을 포기하고 '회사원'이 되기를 선택한 것이다. 이 궤도에서 이탈하지 않는 것은 용기가 없어서, 대안이 없어서일 수도 있겠지만 포기한 다른 것보다 회사를 다님으로써 얻는 것이 더 많다고 본능적으로 판단하고 있기 때문이기도 하다.

그렇기에 '이왕이면' 회사를 행복하게 다녀보자. 모두가 직장에서 인생의 보람을 찾지 않는다는 것을 공공연히 말하고 다니는 시대에 무슨 엉뚱한 소리냐고? 많은 사람이 업무 시간에는 그저 월급만 받고 여가 시간에 진정한 자아를 찾으려 한다. 하지만 그런 이유로 회사에서의 시간을 지루하고 무의미하게 보내기엔 우리가 회사에 체류하는 시간이 너무 길다. 그것도 20~40대라는 인생에서 가장 에너지 넘치고 열정적인 시기에 말이다. 하루의 3분의 1은 무조건 회사에 귀속된다. 이 시간을 멍하게 흘려보내는 것은 돌고 돌아 결국 '나의 손해'다. 아무리 '부캐'니 '투자'니 하는 시대라고 해도, 마지못해 엉덩이를 붙이며 몰래몰래 주식거래 창만 들여다 보고 있는 것과 회사에서 내게 주어진 자원을 최대한 활용하며 하루 8시간을 결코 헛되이 보내지 않는 것은 결국 완전히 다른 결과를 낳을 것이다.

나는 회사의 자원과 직업의 이점을 십분 활용하고 흡수하며 오래오래 일하고 싶다. 그것이 내가 성장하는 길이라 생각한다. 의외로 회사라는 테두리 안에서 배우는 것도, 시도할 수 있는 것도 많다. 그것이 오히려 회사에서만 똥을 누는 것보다 '조금도 손해 보지 않고' 회사를 다닐 수 있는 방법이다. 이왕이면 '행복한 노비'로 사는 것이 역설적이게도 이곳저곳에 떠밀리지 않고 나의 주체성을 확보하는 길인 셈이다. 가끔은

'MZ는 이런 것'이라는 편견에 주눅들지 말고 우리 방식대로 일하며 기성 조직에 젊은 세대 감각을 흩뿌리는 것이 궁극적으로 세상을 변화시키는 한 걸음일지도 모른다. 우리 세대 특유의 섬세하고 예민한 감각으로, 조용하고 우아한 주류로의 전환을 꾀하면서 말이다.

배움

닥치는 대로 배운다, 배움폭식러

"왜 젊은 여자에겐 못 배우나요?"

7년 차 기자일 뿐이지만 운 좋게 저널리즘 분야에서 인정받을 기회가 있어 종종 저널리즘 연수 강사로 와달라는 섭외 요청을 받는다. 2년 전 서울 시내 쪽방촌의 실소유주를 전수조사해 타인의 가난을 착취해 호위호식하는 '빈곤 비즈니스'를 탐사보도로 드러냈다. 보도는 여러 방면으로 화제가 됐고, 취재기는 『착취도시, 서울』이라는 책으로 탄생했다. 언론계의 권위 있는 상들을 받기도 했는데 그중 하나가 2019년에 수상한 '올해의 데이터 기반 탐사보도상(한국데이터저널리즘어워드)'이다.

자랑 아닌 자랑을 늘어놓는 이유는, 이따금 언론인을 대상으로 강연하는 배경을 설명하기 위해서다. 특히 뼛속까지 문과인 나는 수면 아래 진실을 드러내기 위해 시쳇말로 하나하나 엑셀에 데이터를 입력하는 '노가다' 형태로 작업했다. 이런 방식은 데이터 전문가나 조직적 지원이 없는 작은 언론사에서 충분히 해볼 수 있는 수준이다. 지역 언론이나 소규모 매체라면 새로운 것을 시도하기에 열악한 환경이라는 것을 너무 잘 알기에, 기회가 있으면 새로운 이야기를 전달하고자 휴가를 내서라도 최대한 응한다.

얼마 전 지역의 한 작은 언론사에서 강의 요청이 들어왔다. 높은 지위의 직함을 달고 있는 중년 남성이 의뢰를 해왔다. 언론인의 재교육을 지원하는 재단에서 데이터 저널리즘 강사 명단을 제공했고, 내가 후보에 오른 모양이었다. 일정이 급하다기에 조건을 따지지도 않고 수락부터 한 게 화근이었을까. 교통비와 이동 시간, 에너지를 고려하면 수지에 맞지 않는 강의료를 섭외 이후 뒤늦게 말하는 '옛날 방식'에 가뜩이나 불편한 기분이 들었다. 더 불쾌한 일은 그 후에 있었다.

"이 기자님, 혹시 지금 연차가 어떻게 되시지요?"

"네? 지금 7년 차쯤 됩니다."

"아, 그럼 차장이나 그런 것은…… 아니시겠네요."

"네, 평기자인데요. 무슨 일이시죠?"

수화기 너머 곤란하다는 뉘앙스가 타고 넘어왔다.

"그게 아니라…… 아무래도 저희가 부장이나 차장 이런 분들이 강의를 듣다보니 좀 곤란해져서……"

"네?"

"아무래도 젊은 분이 와서 강의를 하면……"

무어라 답해야 이 무례한 사람의 잘못을 일깨워줄 수 있을까. '귀사는 강사 정보도 알아보지 않고 섭외부터 하는 식으로 일하시나요?'라고 되묻고 싶었다. 가뜩이나 불쾌한 경험이 쌓여 감정이 상할 대로 상한 터였다.

더군다나 내가 맡은 강의는 '데이터 저널리즘'이었다. 데이터라는 트렌디한 주제를 배우길 바라면서 연차와 직위를 따지는, 그것도 '뒤늦게' 말을 꺼내는 이유를 도무지 납득하기 어려웠다. 배움에 높고 낮음이 없음을 체화하고 있는 '요즘 애들'로서 더더욱 그랬다. 방식도 내용도 무례한 질문 앞에서 사뭇 우리 세대를 대표해야 할 것만 같은 비장한 마음가짐이 들었다. 적어도 호락호락한 모습을 보여서는 안 되겠다 싶었다.

먼저 코웃음을 살짝 쳤다. 오해를 피하기 위해 설명하자면, 나는 상대가 먼저 무례한 사람이 아니고서야 나의 무례함을 잘 드러내지는 않는 편이다. 거만함이 살짝 고개를 쳐들려는 순간이 올지라도, '사회생활용' 얼굴 뒤에 철저하게 숨기며 겸양을 유지하려 한다.

"저 지금까지 강의하면서 그런 경우 많았어요. 걱정 마세요."

날카롭게 쏘아붙였다. 나의 기분이 아마 행간에서 느껴졌을 것이다. 담당자는 "아, 네. 그러면……"이라고 말을 줄이며 영양가 없는 통화를 황급히 마무리 지었다.

이젠 그의 통화 목적이 궁금해졌다. 만일 '강사 변경'을 목적으로 했다면, 차라리 정중하게 '연차 문제'로 섭외가 어렵겠다고 사과하는 게 먼저일 것이다. 이렇게 싱겁게 "알겠다"고 할 거면 구태여 왜 전화까지 해서 상대방의 기분을 불쾌하게 만들었을까. 전화를 걸어 우려를 전한다고 해서 내가 갑자기 승진하게 되어 그가 원하는 '직급 높은 사람'이 되는 것도 아닌데 말이다. 타인의 기분은 조금도 고려하지 않는 그 '무심함'에 화가 났다. '무심함'은 기본적으로 권력의 감정이다. 상대방의 기분이나 상황에 대해 애써 고민하지 않고도 내키는 대로 말할 수 있는 50대 중년 남성의 발화 권력, 그것이 바로 '무심함'이기 때문이다.

전화를 끊은 후 조금 '오버한다' 싶은 메시지를 준비했다. 누구에게도 뒤지지 않는 이력을 나열한 뒤 선전포고를 하는 글이었다(아주 유치한 방식이지만 어쩔 수 없었다). 무례함을 이길 수 있는 가장 손쉬운 방법은, 절대 뒤집을 수 없는 권위를 내세우는 것임을 다년간의 사회생활에서 체득했다. '젊은·여·기자'라 불리면서 '중년·남성'을 대할 때 특히 유효한 방식이다.

'네, 그냥 물어본 거니까 염려 마시고 편하게 오세요.' 곧바로 답이 왔다. 숙고한 것이 무색하게 지체 없이.

'그냥.' 그러니까 그 중년 남성은 숨 쉬듯 '그냥'이라는 이유로 남의 기분을 상하게 한 것이었다. 나라도 말해야 했다. 그러지 않으면 앞으로도 빈번하게 '그냥' 누군가를 불쾌하게 만들 테니. 무엇보다 배움에 있어 연차를 따지는 문화가 그 회사에 만연하다면, 강의 준비에 더 만전을 기해 그 편견을 바로잡아야겠다는 묘한 열정이 타올랐다.

왜 '평기자'에겐 배울 수 없는가. 왜 '젊은 사람'에겐 배울 수 없는가. 그동안 젊은 세대에 대해 '우리가 가르쳐줘야 하는 대상'이라고 생각해온 뿌리 깊은 관습을 고쳐주고 싶다는 생각이 들었다. 모든 인간에게서 배울 점이 있다고 생각하는 데서부터 개인은 성장할 여지를 넓힐 수 있다. 그것은 내가 속한 세대가 다른 세대와 확연하게 구분되는 지점이기도 하다.

어른다운
어른을 보고 싶다

공교롭게도 중년 남성을 만날 때마다 이런 불쾌한 일이 자주 생긴다. 수년 전 첫 직장에서 운 좋게 소셜미디어 업무에 대한 성과를 인정받아 '최연소 소셜미디어 팀장'이라는 타이틀을 달고 언론계에 이름을 알리게 됐다. 이에 한 공익재단의 요청으로 세미나 연사 목록에 들게 됐다. 명단에 오른 이들은 모두 중년 남성이었고 나 혼자만 20대 여성이었다. 이미 여러 곳에 내 이름이 배포된 상황에서 '상견례 겸 사전 미팅' 자리가 만들어졌다. 당시 부산에 살고 있었기 때문에 서울로 이동하면서까지 오찬에 참석했다.

식사 자리의 분위기는 묘했다. 분명 나는 연사로 섭외된 상태에서 자리한 것이었는데…… 언론인 출신의 '재단의 높으신 분'은 신입사원 면접을 치르는 듯한 시선으로 나를 바라봤다. 식사 자리의 다른 연배 있는 남성 연사들은 아주 편안하게 5첩 반상을 들었다. 나를 보는 시선만 확연히 달랐다. 날 선 질문에 일일이 제대로 답변하느라 밥을 제대로 먹지도 못했다.

나쁜 예감은 왜 틀리지 않는 걸까. 식사 후 몇 시간 지나지 않아 재단 실무자에게서 연락이 왔다. 강연을 취소해야겠다는 내용이었다. 실무자에 따르면, 그 높으신 분이 내가 너무 어리고 경험이 없어 연사로 적절한지 모르겠다며 취소를 통보하라 했다는 것이다.

납득하기 어려운 이유였다. 당시 포럼 주제는 학계의 고담준론이 아닌 '소셜미디어' 아니었던가. 왜 어리고 경험 없는 여성 기자에게는 배울 것이 없다고 단언하며, 애초에 그럴 것이었으면 왜 섭외를 한 걸까. 그런 생각에 미치기도 전에 이미 명단에 오르는 이름이 지워진다는 게 몹시 창피해 얼굴이 화끈거렸다. 당혹스러움이 한 차례 지나가자 분노가 일었다. 어떤 자리에서든 나의 전문성이나 업무 성과로 판단하기보다 어리고 경험 없는 여성으로 보는 중년 남성 기득권의 시선. 지금까지 그가 사회생활에서 중후하고 권위적인 지위를 획득할 때마다 '무의식적으로' 소거해온 목소리가 아마 적지 않았을 것이다.

넷플릭스 미국 드라마 「더 볼드 타입The Bold Type」은 뉴욕 패션 매거진 '스칼릿'에서 일하는 밀레니얼 여성들의 성장과 페미니즘적 성찰을 다루는 수작이다. 극 중 캣 에디슨은 스물여섯 살에 스칼릿의 소셜미디어 디렉터를 맡게 되고 디지털 분야에서 큰 팀을 이끌며 자신의 커리어를 쌓아가는 인물이다. 그동안 허용되지 않았던 고졸 출신 직원 채용을 위해 이사회를 설득하는 일도, 스칼릿의 콘텐츠를 디지털 영역에서 효과적으로 전달하는 메시지와 기획을 고안하는 것도 모두 26세의 캣에게 맡겨진다.

카리스마 넘치는 중년의 편집장은 단순히 '어리다는 이유'로 캣을 비롯한 밀레니얼 구성원들의 의견을 묵살하지 않는다. 가끔씩 시대 변화를 따라가지 못해 오판을 내렸을 때, 자신의 잘못을 솔직하게 인정하기도 하는 멋진 상사다.

왜 우리는 이런 선배를 볼 수 없는 걸까. 아이폰이 등장한 지난 10년 사이에 세상은 미친 속도로 바뀌어가고 있고, 이제는 지식의 종류가 '연공서열'에 따라 축적되는 것이 아니거늘 아직도 이런 변화에 적응하지 못한 사람들이 너무나 큰 발화 권력, 결정 권력을 갖고 있다.

5년도 더 된 이야기지만, 나는 아직도 이 에피소드를 떠올릴 때면 모욕감에 몸서리친다. 이날 직업인으로서의 긍지나

자존감 같은 것이 와르르 무너져버렸기 때문이다. 아마 그는 이 사소한 일로 상처받은 이가 있다는 사실도 모를 것이다. 훗날 알게 된 사실이지만 주최 측은 다른 참석자들에게 '나의 개인적인 사정'으로 불참하게 됐다며 책임을 내게 전가했다고 한다. 이 또한 명망 있는 재단치고는 무례하고 비겁한 일 처리 방식이다. '저런 권력, 저런 어른이 되지 말아야지.' 늘 곱씹게 만드는 기억이다.

배울 점이 있으면 모두 다 선생님

1980년대 후반에서 1990년대 초중반 출생자들은 영락없는 '인강 세대'였다. 국영수 할 것 없이 메가스터디나 이투스 등 유명 인터넷 강의 기업 웹사이트를 통해 학습을 했다. 단 한 번도 대면한 적 없지만 뭔가 인생을 바꿔준 은사 같은 느낌을 주는 강사도 있었다.

어쩌면 MZ세대는 자랄 때부터 '비대면'에 익숙한 이들이 아닌가 싶기도 하다. 생애 가장 중차대한 '수능'마저 언택트로 준비했는데, 요즘 같은 기간에 언택트로 못 할 게 뭔가 하는 경이감마저 든다.

그래서일까. '요즘 애들'은 누군가에게 배우는 것에 거리낌이 없다. 이른바 '배울 점이 있으면 모두 다 선생님'이라는 마인드다. 배움에 열려 있고 언제나 배움을 갈구한다는 것. 그리고 누구에게 배우는지를 크게 개의치 않고 배움 그 자체를 즐긴다는 것은 내가, 그리고 나의 친구들이 가진 큰 강점이다.

7차 교육과정 아래 자란 우리 또래들은 공교육에서 데이터나 코딩 같은 것을 익힐 길이 없었지만, 대학을, 그것도 문과 전공으로 졸업하고도 '개발자'나 '데이터 분석가'라는 이름의 전문성을 갖게 된 친구를 주위에 여럿 두고 있다. 전공 전환에 어려움은 없었는지 물어보니, 처음엔 다들 독학하다가 뾰족한 수가 없을 땐 구글링을 하고 유튜브를 봤다고 했다. 동기부여가 되지 않을 땐 비슷한 친구들과 모여 스터디를 했다고 하고. SNS상으로만 연결되어 있을 뿐 초면인 고수에게 대뜸 개인 메시지를 보내 물어보는 것도 꺼리지 않았다. 현재 이들은 모두 국내에 이름이 알려진 언론사나 스타트업에서 꾸준히 커리어를 쌓고 있다. '지금 있는 직업은 수십 년 내에 곧 사라질 것' '앞으로 평생직장이라는 건 없다'는 말을 귀에 딱지가 앉을 정도로 들어온 우리에게 변화에 대한 열린 마음은 당연한 것이고, 적응하지 못한다는 것은 도태를 의미하곤 한다. 배움에 유연할 수밖에 없는 이유다.

설상가상 코로나19로 언택트 생활이 길어지면서 배움에 대한 욕구는 하늘까지 치솟고 있다. 팬데믹 이전에는 원데이 클래스를 연결하는 서비스를 통해 언제든 배움의 욕구를 해소하곤 했다. 2020년 휴가 때는 작은 목공방에서 원목 도마를 직접 만들어봤다. 언젠가 위스키에 탐닉했을 때에는 한 바에서 주최한 위스키 원데이 클래스를 수강하며 위스키의 유래와 종류를 익히고 시음을 하기도 했다.

하지만 2020년부터 방콕 생활이 이어지면서 스스로 내면을 채울 수 있는 방법은 독서와 유튜브가 전부가 됐다. 활자 노동자인 나조차 팬데믹 기간에 독서량이 눈에 띄게 늘었다. 온라인 서점에서 주문한 책더미가 일주일에 두 번씩 실려오는 노릇이니 '장서가' 반열에는 낄 수 없더라도 '다독가'에는 이름을 올릴 수 있을 것 같다. 어쩔 수 없이 얼마 전엔 6단 책장을 새로 주문했다.

유튜브는 단연 코로나 시대의 아주 훌륭한 선생님이다. 넷플릭스, 왓챠 등 많은 구독 서비스를 자동 결제하고 있지만 그 가운데 가장 유용한 것은 뭐니 뭐니 해도 '유튜브 프리미엄' 서비스다. 처음에는 고작 중간에 삽입되는 광고를 보지 않기 위해 매달 1만 원가량 지불하는 것이 이해되지 않았다. '15초만 참으면 되는 거 아닌가'라는 생각이었던 것이다. 그러나 광고를 버티는 것의 문제가 아니었다. 콘텐츠에 몰입한 상황에서 광고가 집중력을 흩뜨리는 게 싫어 기꺼이 1만 원을 지불한다.

나는 유튜브로 명상도 하고, 아침저녁으로 요가 수련도 한다. 중국 드라마 섀도잉(입으로 따라 읽는 것) 영상을 보며 중국어 회화 연습을 하고, TED 영상을 들으며 영어 감각을 놓치지 않으려 한다. 출근하면서 경제 전문가들이 출연하는 유튜브 생방송을 들으며 당일 시황을 예측한다. 때때로 '고기 굽기'에 특화된 채널을 보면서 어떻게 하면 같은 고기를 더 맛있게 구울지 고민한다. 초심자가 사용하기 까다로운 스테인리스 팬에 기름을 두를 적정한 온도를 알기 위해서는 물 한 방울을 톡 떨어트려 구슬을 이루는지 보면 된다는 것을 알려준 곳도 유튜브였다.

이 같은 '배움'은 지식을 전달하는 사람이 얼마나 저명하고 권위 있는지, 대학은 졸업했는지, 혹은 나보다 나이가 많고 적은지에 전혀 영향을 받지 않는다. 그저 내가 배울 점이 있으면 그걸로 족하다. 비록 물리적인 '교실'이 열리지는 않지만, 나는 왜인지 코로나19 이후 더 많이 배우고 있는 기분이다. 모두가 위기라고 말하는 시기, 조금은 예민하게 그러나 유연하게 하루하루 성장하는 방법이다.

자기계발

참을 수 없는 '자기계발'의 납작함

닦달하는 동기부여의 쇠락

한때 무대에 올라 좌중을 휘어잡고, "그렇게 살면 안 된다"고 부르짖던 스타 강사가 있었다. 매스미디어가 사랑한 그녀는 TV 채널을 돌리는 곳마다 등장했다.

"꿈을 꿈으로 남겨두지 말라!"
"세상의 흐름을 계속해서 따라가라!"
"돈 문제로부터 한번은 어른이 돼라!"
"운이나 기회가 있을 때 잡을 수 있는 실행력을 키워라!"

'동기부여' 강사라는 타이틀답게 그녀는 빠른 템포로 현대 사회의 덕목과도 같은 단어들을 내뱉었다. 좌중은 '이대로 살 순 없다'는 각성 상태에 빠져들었다. 간혹 카메라는 고개를 끄덕이며 메모하는 청중을 비췄다. 신성한 종교 지도자를 바라보는 듯한 표정을 한 사람도 이따금 화면에 노출됐다. 소파에 편히 누워 텔레비전을 보던 시청자들마저 자세를 고쳐 앉아 '할렐루야'를 외쳐야 할 것만 같았다. 그녀는 어떤 상황에도 예외 없이 '독설'을 퍼부었다.

지금을 살면서도 10분 뒤, 일주일 뒤, 1년 뒤를 걱정하는 세상이었다. 온전히 지금을 즐기는 것은 시대 변화에 무감각하거나 기꺼이 도태를 감내하는 기질 같은 것으로 여겨졌다. 시대가 세상을 '불확실성'이 지배하는 공간이라고 규정할 때마다 '자기계발 서적'은 날개 돋친 듯 팔려나갔다.

한 차례의 '욜로' 열풍이 분 뒤 거품이 가라앉아서일까. 예전보다 그 동기부여 강사의 모습을 텔레비전에서 쉽게 볼 순 없게 됐다. 대신 그는 유튜브로 옮겨가 왕성하게 활동하고 있다. 재테크·인간관계·직장생활·노화·은퇴·자녀 교육 등 인간사를 총망라한 주제를 다룬다. 최소 여섯 번은 환생해야 저 모든 주제에 훈수를 둘 만큼 섭렵할 수 있을 것 같은데, 그는 무슨 주제가 나오더라도 주크박스를 튼 것처럼 청산유수다. 왕성한 지적 호기심과 플랫폼 전환도 감수하는 그야말로 살아 숨 쉬는 '동기부여'가 아닐까 생각하게 된다. 지치지 않는 열정, 시대

변화에 열린 태도. 역시 한 시대를 풍미한 사람은 괜히 그 자리에 오르는 것이 아니다.

하지만 시대는 더 이상 그의 방식에 호응하지 않는다. 사람들은 시끄럽게 소리치며 다그치는 것에 더는 반응하지 않는다. 그는 여성이지만 그가 꾸준하게 환기하는 메시지는 산업화 시대 가부장의 면모를 그대로 옮긴 것이다. 태생적으로 불안한 기존 질서 속에서 스스로를 소진시키며 살아남는 것이다. 성공을 위해서라면 '열정 착취'도 감내해야 한다는 그의 외침은, 과정 역시 공정하고 행복해야 한다는 우리에겐 조금의 울림도 주지 못한다. 어쩌면 그가 TV를 떠나 유튜브로 옮긴 것은 그의 메시지가 더 이상 대중에게 소구되는 지점이 없기 때문일지도 모른다.

이제 나는 그런 영상을 보고 동기부여를 하지 않는다. 대신 일상을 '살뜰하게' 살아가는 브이로그를 유튜브로 찾아보며 생의 의지를 다진다. 싱크대에 설거짓거리가 쌓여 있지만 소파 바깥으로 조금도 움직이고 싶지 않을 때. 건강하고 질 좋은 식단을 챙기기보다 캡사이신 들어간 매운 배달 음식으로 끼니를 때울 때. 색깔별, 소재별, 기능별로 나눠 천연세제로 빨래를 한 뒤 탈탈 털어 널기보다 빨랫감이 쌓여 어쩔 수 없이 바구니에 쌓인 빨래더미를 와르르 세탁기에 넣고 아무렇게나 돌려

버리는 날들이 늘어날 때. 그럴 때 나는 브이로그를 삶의 배경 화면처럼 틀어놓고 일상을 정돈한다.

유튜브 세상에는 참으로 정갈하게 사는 사람이 많다. 혼자 사는 1인 가구이지만 인근 시장에서 장을 보고 싹싹하게 재료를 정리해 질 좋은 식사를 매끼 해 먹는 브이로거들. 손은 또 어찌나 야무진지 재료를 한 움큼 쥐어도 새어나가지 않고, 단계 단계마다 엎질러진 싱크대를 정리하는 덕에 번잡함이란 찾아볼 수 없다.

지상파 아침 방송만 틀어도 살림 정보가 쏟아지는 건 사실이다. '흰 와이셔츠의 얼룩은 무엇으로 지울까요?' 같은 시청자의 질문에 주부 9단 살림박사라는 전문가가 나와 엄청난 비밀인 듯한, 그러나 이미 블로그에 많이 알려져 있는 팁을 읊는다. '서랍 속에 속옷, 그대로 방치하지 마세요!'라는 주제로 방영될 때 1인 가구로서는 언제 사 먹었는지 기억도 나지 않는 200밀리리터짜리 우유팩을 잘 씻어 말려 차곡차곡 정리함으로 사용하라고 조언한다.

유튜브 세상에서의 살림꾼은 아침 방송과는 다른 문법을 고수한다. 잔잔한 배경 음악이 흘러나오면 주름 한 점 없는 리넨 앞치마를 질끈 맨 주인공. 집 안은 마치 서로 짜맞추기라도 한 듯 현대적이면서도 따뜻한 화이트 앤드 우드 톤이다. 플랜테리어(식물을 활용한 인테리어)로 자주 활용되는 디시디아, 극

락초, 몬스테라 등 온갖 푸릇푸릇한 식물들이 집 안에서 생명력을 내뿜는다. 잡다한 세간살이의 흔적 없이 깔끔하게 정리된 싱크대 상판. 김치볶음밥 같은 간단한 음식을 하면서도 펑퍼짐한 국그릇에 볶음밥을 담았다 뒤집어 완벽한 언덕 모양으로 만드는 미학. 능숙하게 구운 서니사이드업 달걀 프라이는 덤이다.

간혹 타임이니 딜이니 하는 생전 사용해보지 못한 허브를 적재적소에 활용하며 간단한 식단을 한 단계 업그레이드하는 취향을 엿보는 것도 즐겁다. 보고만 있어도 마음속에서 '아, 나도 조금 이따 일어나서 청소부터 시작해봐야겠다'는 의지가 샘솟는다. 이왕이면 오늘은 배달 음식 말고 유튜브에서처럼 신선한 허브와 첨가물이 없는 순수한 치즈, 그리고 올리브유를 둘러 건강하면서도 예쁜 밥상을 만들어볼까 하는 생각이 들기도 한다.

어떤 강요의 메시지도 들어 있지 않지만, 따뜻한 영상미에 빠져드노라면 자연스럽게 삶에 대한 의지가 몽글몽글 샘솟는다. 얼굴이 알려진 연예인들이 레깅스를 입고 한강변을 활기차게 달리는 영상을 보고는 소파에 널브러져 있다가도 운동복을 챙겨 입고 무작정 밖으로 나선다. 끼니마다 장을 보면서 자취방에서 살뜰하게 밥을 챙겨 먹는 1인 가구 여성들을 보면서는, 냉장고에 쌓여 있는 재료를 긁어모아 '냉파(냉장고 파먹기)'를 해서라도 나를 위한 소중한 한 끼를 만들어본다. 더 이상 마음 설레게 하지 않는 물건들을 박스 안에 넣으며 설파하는 미니멀리즘 풍경들을 보고는, 드레스룸에 쌓여 있는 철 지난 옷들을 모아 '아름다운 가게'에 기부하고 읽지 않는 책들은 정리해 중고서점으로 보낸다. 온갖 업무가 몰려드는 가운데서도 조리 있게 정리해 일의 우선순위에 따라 차곡차곡 과업을 해내는 현장의 고수들을 보면서 나도 슬랙이니 노션이니 하는 새로운 툴들을 만지작거리며 마치 실리콘밸리 한가운데서 일하는 혁신적인 사람이 된 듯한 기분을 즐긴다. 실제 생산성과 이어지는지는 의문이지만.

MZ세대 트렌드 뉴스레터인 '캐릿'에 따르면, '많은 MZ세대가 브이로그 영상을 통해 동기부여를 받는다'고 답했다고 한다.• 그러면서 "나와 비슷한 일상을 보내는 이들이 없는 시간을 쪼개 열심히 사는 모습을 보면서 자괴감이나 무력감을 해소한다는 것"이라고 해석한다. 유명 연사들의 삶은 멀게 느껴져서 크게 와닿지 않고, 보통의 사람들이 본업을 하면서도 시간을 쪼개 유튜브 영상을 편집하거나 운동을 열심히 하는 영상을 보면서 '나도 하루를 알차게 보내야겠다'는 생각에 가닿

• 「MZ세대는 유튜브로 대체 뭘 그렇게 보는 걸까?」, 캐릿, 20.7.6. https://www.careet.net/153

는다는 것이다.

삶의 이유를 모르겠다고? 그러면 정말 유튜브를 틀어 다른 사람이 어떻게 사는지 지켜보는 게 도움이 된다. 몇 시간이고 볕 잘 드는 책상에 앉아 공부를 하는 대학생, 타지 유학생활 중 터진 코로나로 귀국하지도 못하고 현지에서 아르바이트를 하는 유학생, 재택근무를 하는 와중에도 집밥을 살뜰하게 챙겨 먹는 또래 직장인, 밖에 나가지 못하는 대신 베란다를 멋진 정원으로 꾸며 난생처음 보는 온갖 식물을 능수능란하게 키워내는 주부 등 사소한 순간도 자신만의 에너지로 채워가는 이들을 보노라면, 삶은 큰 의미를 발견하진 못하더라도 꾸준히 살아가는 데서 동력을 얻는 것이라는 깨달음에 닿게 된다. 나는 더 이상 자기계발 구호를 외치며 나의 존재 이유를 묻지 않는다. 그보다는 자신이 좋아하는 사소한 순간들로 이 위기를 소소하게 타개하는 보통 사람들을 보면서 그런 삶의 태도를 닮고자 노력할 뿐이다.

흡사 '번아웃'을 유발하는 일상에 치인 사람에게 "당장 나가서 사람을 만나세요" "지금 당신의 시간은 다시 돌아오지 않을 순간입니다"와 같은 말은 폭력적이다. 일방적이다 못해 거부감이 든다. 그동안 우리 사회가 지친 사람들을 바라보며 나름의 해결책이라고 내놓은 것들이 대부분 그러했다. 진솔한 위로를 건네기보다 '더 뛰어라' '일어나라'는 식의 단순 처방들.

머무르고 있지 않기만을 강요하는 모든 소음에서 해방되고, 그저 매 순간을 충실히 살아나가는 사람들의 모습을 보는 것만으로 나는 일상을 살뜰하게 경영해나갈 의욕에 사로잡힌다. 어떤 자기계발 강연보다 유튜브의 브이로그를 보고 더 큰 힘을 얻는 이유다.

새로운 자기계발 서사가 필요하다

한때 나는 자신을 꾸준히 담금질해야 성공한다고 주장하는 시류에 휩쓸려 온갖 자기계발서를 탐독했다. 앞서 말한 스타 강사의 강연에도 매료됐던 적이 있었다. 그러나 '성공 신화'를 부르짖는 책과 강연에 몰입할수록 인생은 불안으로 점철됐다.

지금 당장 필요한 경제·실용서를 겨드랑이 사이에 끼고 다녔고, 별 쓸모없는 서사라 치부됐던 문학은 등한시했다. 자기계발의 화신에게 있어 책은 무조건 많이 읽어야 하는 것이었기에, 음미할 새도 없이 후루룩 읽는 것에 의의를 뒀다. 읽은 책의 목록은 늘었지만, 이 책이 내 삶에 어떤 의미가 있는지 곱씹을 여유는 없었다. 300페이지가 넘는 분량 중 마음에 진한 흔적을 남긴 문장 하나 발췌하기 어려울 정도로 '날림 독서'였다. 단 한순간도 게으름을 피워선 안 될 것 같았다. 잠들기 전엔 영어 회화 mp3 파일을 재생시켜둔 채 눈을 감았다. 영어도 잘 안 들리고 잠도 잘 들지 않는, 그러니까 어느 것 하나 제대로 만족시키지 못하는 순간들을 이어갔다. 운동은 즐거워서 하는 것이 아니라, '외모지상주의' 속 신체도 하나의 매력 자본이었기에 부단히 가꿔야만 하는 것이었다. 20대 내내 수많은 운동 시설을 찾아 헤매고, 엄청난 돈을 투자했지만 그 중 '내가 정말 좋아하는 운동'이라 할 수 있는 취미는 하나도 없었다.

자기계발 서적을 더 이상 찾지 않게 된 것처럼, 크게 성공한 사람의 성공담도 멀리하게 된다. 유튜브를 틀면 '세바시(세상을 바꾸는 시간, 15분)'나 'TED' 같은 유명 연사의 강연이 알고리즘으로 인해 고구마 줄기 엮듯 딸려 나온다. 모두 피가 되고 살이 되는 이야기다. 하지만 왜인지 지금 기진맥진한 나를 일으켜 세우기엔 멀고 먼 얘기 같다. 저 사람들은 성공했기 때문에 저곳에 서 있는 것 아닌가. 세상에서 아예 나란 존재가 없었던 것처럼 먼지가 되어 사라지고 싶은 마음이 드는 날이 이어질 때, 필요한 이야기는 저런 것들이 아니다. 나는 나의 일상이 단정하게 작동한다는 기분이면 족하다. 대단한 성공 신화가 아니더라도 말이다.

요즘은 한층 더해 '살뜰하게 사는 사람의 에세이'를 열독한다. 새로운 옷을 사기 위해서는 하나의 옷을 버리며 미니멀리즘을 실천하고 똑똑하게 돈을 쓰는 것이 무엇인지 알려주는 살림 이야기, 서울이라는 약육강식의 도시에서 홀로 살아남기 위해 대출을 받아 작은 집을 마련해 그 집을 쓸고 닦으며 마음을 정돈하는 비혼 여성의 일상, 나를 잃지 않기 위해 회사생활 대신 'N잡러'를 택하며 새로운 노동의 문법을 만들어가는 프리랜서의 다채로운 삶 등. 집, 일터, 세상 어느 곳에서든 자신만의 치열한 분투를 벌이는 이들이 꾹꾹 눌러쓴 문장들을 읽다보면 마음을 이루고 있는 작은 혈관 하나하나가 세차게 피를 실어 나르는 기분이 든다.

나는 '아무것도 하지 않아도 괜찮아' 같은 메시지를 경계하는 편이다. 한때 '당신, 힘들면 쉬어가도 돼요'류의 에세이가 큰 인기였고, 위로를 필요로 하는 독자들의 선택을 받아 여전히 에세이 시장의 큰 부분을 차지한다는 것을 알고 있다. "아침잠을 줄여서 성공하라!" "당신이 쉬는 동안에 주변의 경쟁자들은 달리고 있다!" 여전히 '무언가 하라고 시키는 것'에 대한 반작용이 컸으리라.

하지만 나는 타인의 삶을 책임질 수 있는 것도 아닌데, 무턱

대고 머물러도 괜찮다는 메시지를 발신하고 싶지는 않다. 코로나19 같은 전대미문의 상황에서는 더더욱 말이다. 너무 차갑게 들리는 말일지는 몰라도, 적어도 '멈춰라, 쉬어라, 머물러라' 하는 사람들은 그러한 생각을 책으로 씀으로써 인세를 벌고 대중 앞에서 말할 기회를 얻는다. 사실 300쪽 남짓의 단행본을 쓴다는 것 자체가 '멈추지 않는' 창작 행위다. 그러나 그런 책을 읽고 '정말로' 아무것도 하지 않은 사람들의 결과에 대해 그들은 끝까지 책임질 생각이 있을까.

나 자신을 낙타 한 마리와 함께 사막을 횡단하다 길을 잃은 사람이라고 상상해보자. 저장해둔 물이 떨어진 지는 오래. 입술은 바짝 말라 모래바람이 스쳐 지나가도 알갱이가 들러붙지 않을 정도로 건조하다.

지평선 끄트머리를 아무리 노려봐도 인가는 보이지 않는 사막 한가운데서 '이대로 죽을 순 없다'와 '그냥 포기해버릴까'의 마음이 충돌할 때 우연히 마주친 오아시스. 구원 그 자체나 다름없다. 물을 벌컥벌컥 마신 뒤 나무 그늘에 누워 그동안 못 잤던 통잠을 자고 나니 다시 출발할 마음이 쉽게 들지 않는다. 발을 떼어야 할지 모르지만, 다음 오아시스는 어딜지, 다른 사람을 만날 수 있을지 몰라 공포가 엄습한다.

하지만 누구나 다 안다. 아무리 오아시스가 주는 달콤함이 클지라도, 그곳에 계속 머물고 있으면 언젠가 죽는다. 사막을 어슬렁거리는 야생동물의 밥이 될 수도 있고, 갑자기 기온이 떨어진 새벽에 체온이 떨어져 잠에서 깨지 못할 수도 있다. 또 다른 여정이 얼마나 길어질지 몰라도 우리는 계속 걸어나가야 한다. 살아가는 이상 어쩔 수 없는 여정이다.

'아무것도 하지 않아도 괜찮은 것'이 가져오는 결과는 자리에 가만히 머무는 것에 그치지 않는다. 요즘같이 자고 일어나면 세상이 바뀌어 있는 급변기에는 더욱 그렇다.

'나는 누구지' '삶은 무엇인가'는 살면서 누구나 한 번쯤 천착해야 할 질문이긴 하지만, 너무 몰두해버리면 지금의 버티기 힘든 현실을 도피하기 위한 좋은 구실이 된다. 과도하게 심연으로 파고들다보면 오히려 출구를 발견하지 못하고 늪으로 빠져들기만 하는 경우도 종종 있다. 가끔씩 침대에 누워 하루를 마감하면서 '나는 왜 이렇게 살고 있지? 정말 도망치고 싶다'는 생각을 하다보면 굳이 사로잡힐 필요 없는 우울한 감정에 붙들린다. '에이, 사는 게 다 이렇지 뭐'라고 훌훌 털어내며 눈을 붙이면 잠든 사이 내일의 새로운 태양이 뜬다.

우리에게 필요한 새로운 자기계발 서사는 그리 거창한 것이 아니다. 과거의 자기계발이 외부에서 보이는 나 자신에 대한 계발이었다면, 지금의 자기계발은 내가 느끼는 나 자신에 대한 계발이다. 겉으로 보기엔 아무 움직임이 없는 듯도 하지만, 나만의 공간에서 일어나는 기운의 역동성은 '정중동靜中動'이다. '고생 많은 당신, 쉬어가도 돼요' 식의 힐링과는 다른, 타인과의 비교에 기인하지 않는 내적이고 고요한 자기계발 담론인 셈이다.

4부 윤리적 주체로 거듭나는 요즘 애들

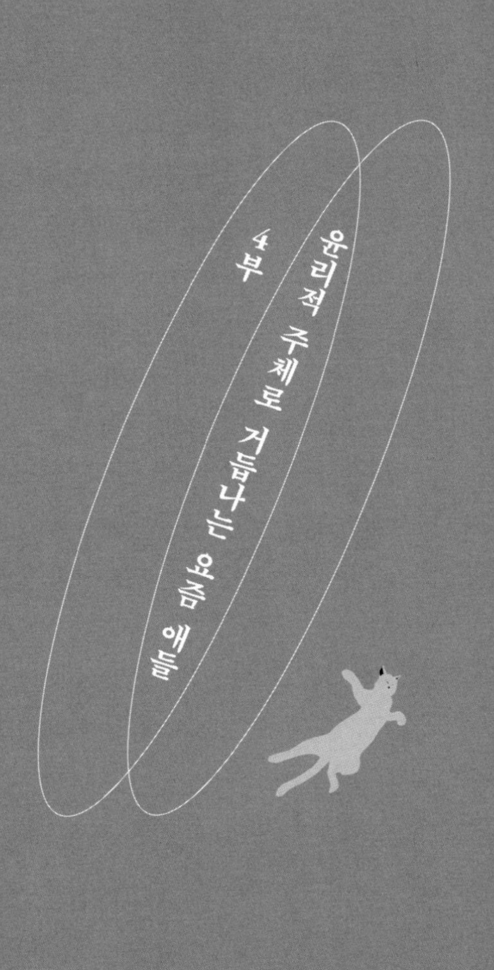

모두 '있는 그대로' 존재하기

자기 몸에 붙어 있는 꼬리가 낯설어, 기다란 꼬리를 잡기 위해 하염없이 뱅글뱅글 돌던 아기 고양이 남매 참깨와 소금을 집으로 데려온 지 어언 5년 차가 되었다.

만 네 살이 된 고양이의 시간은 생각보다 빨리 흘러 어느덧 사람 나이로 치면 나와 동년배가 되었다. 30대에 들어서면서 나도 회사가 제공하는 건강검진 결과를 유심히 체크하고, 공복에는 유산균, 식후엔 종합비타민을 꼬박꼬박 챙겨 먹는데 나와 동년배라니 고양이의 건강도 살필 때가 된 것 아닌가 하는 생각이 들었다. 게다가 고양이는 '아프다'고 말하지도 못하니 어릴 때부터 건강검진으로 의료 데이터를 축적할 필요성을 느꼈다.

반려묘 참깨, 소금의 첫 건강검진은 집 근처 고양이 특화 병원을 찾는 데서부터 시작했다. 아직까지 반려 문화의 중심은 강아지여서, 고양이에 전문성을 가진 수의사를 찾기 힘들다. 이곳은 다른 생명체에 그다지 호의를 갖지 않는 고양이의 습성에 딱 맞춰 고양이 전용 대기실, 진료실, 입원실이 있는 것이 마음에 들어 정착하게 된 동물병원이다.

마리당 25만 원, 미뤄왔던 접종과 이빨 스케일링까지 단숨에 79만 원이라는 거금이 카드에서 빠져나갔지만 아깝다는 생각은 조금도 들지 않았다. 수의사 선생님은 진료 내내 사랑받고 자란 게 티가 날 정도로 우리 집 고양이들이 온순하고 착하다고 칭찬했으며, 나는 팔불출처럼 "이런 천사 같은 생명이 어떻게 나한테 온 건지 모르겠다"며 거들었다. 선생님은 입가에 미소를 띠면서도 마치 다른 고양이 집사들로부터 같은 말을 수백 번은 들은 듯한 표정을 지었다.

"어머, 귀여워라. 몇 살이에요?"

진료를 다 마치고 나온 고양이를 보고 대기실에 앉아 있던 한 중년 여성이 말을 걸었다. 초등학생 딸과 함께 나의 다음 순서를 기다리는 듯했다. 창가에 놓인 작은 이동장에는 모녀가 데려온 6개월 정도 되어 보이는 하얀 고양이가 창밖을 바라보고 있었다.

"네 살인데 하는 짓은 아기예요."

"귀엽네요. 종種이 뭐예요?"

왜일까. 까끌까끌한 현미밥을 씹지도 않고 삼키는 듯 이물감이 드는 생경한 질문이었다. 3년 넘게 '길냥이(길고양이)'라 불리는 생김새의 고양이를 키우고 있으면서도 한 번도 들어보지 못한 질문이었기 때문이다. 묘생猫生에 있어 단 2주 정도 길 생활을 했을 뿐, 3개월령에 내가 데려오기 전부터 계속해서 가정집에서 분유를 먹고 걸음마를 배우며 자란 '집냥이'들인데, 단지 길에서 태어났기에 '길냥이'라 불러야 할까? 답변을 준비하는 짧은 시간에 별별 생각이 다 들었다.

"코숏이에요."

"네?"

여성이 못 알아들어 다시 한번 되물었다. 괜히 뾰족한 마음이 들어 다시 한번 또박또박 발음했다.

"코숏이요. 코리안숏헤어."

코리안숏헤어. 길에서 흔히 볼 수 있는 한국 토종 단모 고양이를 이르는 말이다. 골목길 담벼락을 아슬하게 걷는 길고양이, 음식물 쓰레기 봉투를 뒤져 주린 배를 채우는 도둑고양이로 불렸던 그 고양이들을 일컫는다. 이 종은 한 번도 인위로 교배되거나 관리된 종이 아니기에 '정식 명칭'은 아니다. 이름 없이 떠돌아다니는 길 위의 고양이들에게, 인간이 제멋대로 분류하고 때로는 상품성을 위해 인위적으로 교배하는 '품종'이라는 기준에 기죽지 말라고 붙여준 그럴듯한 이름. 그러니까 '코숏'이라고 말해도 알아들을 리 없는 상대에게 굳이 '길냥이'라고 친절하게 말해주지 않은 것은, 품종에 상관없이 고급 사료에 영양제까지 먹여가며 애지중지 키운 우리 집 고양이들에게 '길냥이'라는 이름표를 붙이고 싶지 않아서다.

"네……? 잘……"

여전히 대답을 이해하지 못한 여성이 어버버하면서 2평 남짓한 진료 대기실은 어색한 공기로 가득 찼다. 옆에 앉아 있던 딸이 엄마의 옷깃을 살짝 당기자, 순간 맥락을 이해한 여성은 무언가 곤란한 걸 물었다는 듯 미안한 표정을 지었는데, 그 점이 나를 더 화나게 했다. '품종묘가 아니어서 대답하기 곤란했구나'라는 맥락의 몰이해가 얼핏 얼굴에 드러났기 때문이다.

말을 더 섞고 싶지 않은 마음에, 추위를 막기 위한 담요를 황급히 이동장 위에 덮으며 집으로 돌아갈 채비를 했다. 이날따라 우리 집 고양이들의 털에서는 반짝반짝 윤기가 났다. 막 진료를 마치고 나온 고양이들의 상태를 마지막으로 점검하며 흘깃 창가의 흰색 아기 고양이를 다시 봤다. 페르시안 친칠라 혹은 터키시 앙고라 같은 품종묘로 보였다. 아주 작았다. 대부분 유기된 품종묘는 성묘다. 어리고 귀여울 때만 살짝 키우다가, 조금만 곤란해지면 유기하는 식이다. 저렇게 어린 연령의 품종묘를 기르는 집은, 대부분 펫숍을 통해 분양받는다. 펫숍은 그때그때의 '유행'에 따라 번식 공장에서 인위적으로 번식한 품종묘를 떼어다가 판다.

철창 안에서 인간에게 한번 안기지도 못한 채, 평생 새끼를 배고 새끼를 빼는 번식견·번식묘가 있다. 오로지 임신과 출산만이 존재의 이유인 것처럼 여겨지는 아이들. '종' 좋아하는 분들이 좋아할 만한 외모를 갖고 있지만, 그저 공장 같은 곳에서 쉴 새 없이 '상품'을 찍어내는 동물들은 죽지 않을 정도의 최소한의 관리를 바라며 생명줄을 이어간다. '엄마'의 생활 환경과 위생 상태가 처참하다보니 펫숍으로 보내지는 새끼 동물의 건강도 좋을 리 없다. 나는 펫숍을 지나갈 때 한 주먹도 안 되는 아기들이 꾸벅꾸벅 기력 없이 '구매자'를 기다리는 모습을 본다. 그럴 때마다 이 거대한 동물 착취 산업에 관여하고 있는 인간을 번식 공장에 넣어 똑같은 괴로움을 느끼게 하고 싶을 정도의 분노에 사로잡힌다.

얼마 전 인기 예능 프로그램에 출연한 한 남성 배우의 기이한 반려 이력이 논란에 휩싸였던 것도 바로 이 지점에 있다.

경기 외곽에서 전원생활 중인 해당 배우는, 전신에 털이 없는 희귀 품종인 '스핑크스' 고양이 두 마리와 배변도 가리지 못할 정도로 어린 골든리트리버 한 마리와 함께 살고 있었다. 스핑크스 고양이는 한 마리당 보통 150만~300만 원, 희귀한 특징이 있으면 1000만 원에도 분양되는 비싼 품종이다. 아니나 다를까, 방송 이후 온라인 공간이 들썩였다. 그 배우가 10년 전부터 온갖 품종의 동물을 키웠는데, 파양을 반복하고 심지어 그 이후를 알 수 없는 반려동물이 수두룩하다는 주장이었다. '어쩔 수 없는 사정'을 들어 토이푸들, 잉글리시십독, 먼치킨, 러시안블루 등 개와 고양이는 실제로 파양한 것으로 소속사가 일부 확인해주었으나, 이후 행방이 묘연한 동물도 적지 않다. 동물의 품종이 주는 과시욕이나 일시적인 자기만족을 위해 생명을 액세서리 취급하는 행태라 하지 않을 수 없다.

잘못된 생태계는 소비하지 않아야 바뀐다. 소비자본주의에서 어쩔 수 없이 체득한 소비자 정체성이다. 펫숍에서 생명을 구매하는 행위에 '분양'이라는 아름다운 이름을 붙여 동조하는 구매자가 있는 한, 공급 생태계도 유지될 수밖에 없다. 얼마나 훌륭한 사람이든, 대화 도중에 펫숍에서 반려묘·견을 데려왔다는 이야기를 하면 얼굴 표정부터 굳는다.

나만 유난스럽게 구는 걸까. 꼭 그렇지만은 않은 것 같다. 결혼을 하지 않는 이상 대부분 1인 가구 형태를 유지하는 주변 친구들. 넓은 공간과 주기적 산책을 필요로 하는 강아지에 비해 고양이는 훨씬 손이 덜 간다. 지인 중 못해도 50퍼센트는 고양이를 키우거나 고양이에 관심이 많고, 혹은 길 위의 고양이들에게 정기적으로 밥을 줄 정도로 고양이에게 우호적이다.

그러다보니 신조어도 우후죽순 생겼다. 항상 교통사고와 동물 학대의 위험이 상존하는 고단한 길 생활을 끝내주기 위해, 길고양이를 집에 데려오는 것을 의미하는 '냥줍(고양이를 줍다)', 콧대 높고 도도한 성격의 고양이가 자신을 집에 데려갈 주인을 직접 선택한다는 의미의 '집사 간택' 등등. 친구들이 데리고 있는 고양이의 '코트(털 색깔)'도 천차만별이다. 코숏계의 스테디인 치즈(노란 털), 흰색 바탕에 검은 얼룩이 있는 젖소, 등푸른생선을 연상시키는 무늬의 고등어, 대부분 암컷에게서만 나타난다는 '삼색(세 가지 색깔 혼합)', 검은 바탕에 하얀 무늬인 턱시도……. 이러한 구분이 우리 또래 사이에서는 친근한데, 같은 세상에 왜 그다지도 다른 사람들이 있는 걸까.

동물의 '품종'을 구별하는 그 모든 행위에 거북함을 느낀다. 이런 사람의 시야에 추운 겨울 주차된 차 보닛 잔열에 의탁하는 고양이, 로드킬 당한 새끼 곁을 떠나지 못해 맴도는 어미 고양이의 모습은 들어오지 않을 것이다. 내가 고양이를 키운다고 말하면 "길냥이를 키운다고?"라고 반응하는 과한 호들갑이 싫다. 동물의 급을 나누는 사람은 사람의 급도 나눈다고 나는 믿는다. 나의 명함의 무게가 가벼워지면, 내가 입은 코트의 캐시미어 함량이 반으로 줄어든다면, 나를 향한 태도도 어떻게 바뀔지 모른다.

청와대 국민청원이라는 형태의 '다수'로 밀어붙이는 여론을 그다지 좋아하지 않는다. 정말 답답한 누군가에겐 마지막 동아줄 같은 공간이겠지만, 청원에 동의한 인원수가 공론화 기준이 되는 것이 조금 위험하게 느껴져서다. 많은 사람이 동의하면 그것에 꼭 답변을 해야 하는 관계 부처. 은연중에 '다수의 말이 곧 민주주의'라는 다수결 만능주의를 심화시킬 것 같아서다.

그래서 지금까지 대부분의 청원에 동조한 적이 없으나, 유일하게 적극적으로 청원에 참여하는 것은 말 못하는 동물에 관한 이슈가 올라올 때다. 고양이를 잔혹한 방식으로 죽이고, 살육을 마치 게임처럼 즐기며 전시한 '고양이 N번방 사건' 수사 및 엄벌 청원, 코로나19로 영업이 중단된 가운데 사육하던 동물에게 밥도 물도 주지 않고 마치 한겨울에 죽으라는 듯 방치해놓은 동물원 조사 청원 등. 이렇게라도 하지 않으면 같은 인간이 짓는 죄를 방관하는 것만 같은 죄책감에 휩싸인다.

짬짬이 동물보호단체 등이 필요로 하는 것을 택배로 발송하거나, 기부금을 후원한다. 몸은 푹신한 소파 위에 의지한 채

손가락만 꼼지락대는 '디지털적 투쟁'에 '자본주의적 시민 행동'이 따로 없지만, 실천이 뭐 별건가. 매주 동물보호소에 나가 몸소 봉사활동을 하거나 동물권 시위 행렬에 앞장서지 않더라도 일상 속 실천으로 내가 중요하게 여기는 의제를 끌어갈 수 있다고 생각한다. 그 구체적인 강령은 이런 것이다. 유기동물 입양하기, 길고양이 만날 때마다 먹일 사료를 조금씩 가방에 갖고 다니기, 동물 관련 청원에 적극 참여하기, 그리고 동물권 관련 단체에 정기 후원하기.

복잡한 내 마음은 알 길 없이 주사와 초음파 검사, 엑스레이 같은 것을 버티느라 심기가 불편한 고양이들은 집에 돌아오자마자 꼬리를 잔뜩 부풀렸다. '나 건들지 마'라는 의미다. 집 안을 돌아다니며 줄곧 심통 부리는 참깨, 소금이의 코에 입술을 부비며 여러 번 속삭였다.

"참깨와 소금이는 길냥이가 아니야. 길에서 태어났지만 지금은 세상에서 제일 귀중한 고양이지. 이렇게 세상에 하나뿐인 고양이가 어디 있어?"

고양이들이 말을 안 듣고 사고를 칠 때면, 회초리 든 선생님에 빙의해 "바깥에 길고양이들은 사는 게 얼마나 힘든지 알아? 따뜻하게 해주고, 밥도 항상 채워주고, 놀아주고 간식도 주는데 이렇게 말 안 듣기야?"라며 한껏 으름장을 놓곤 하지만 왜인지 이날은 꼭 말해주고 싶었다. 품종 같은 건 조금도 중요하지 않은 거라고. 오히려 그런 잣대를 들이대면서 생명의 급을 매기고 공장처럼 찍어내는 인간이 잘못된 거라고.

취미와 취향에 돈을 쓰는 이유

'어제 처음으로 돈을 내고 사람들을 만나는 소셜 모임에 참석했다. 사실 처음엔 이런 부류에 다소 부정적인 생각을 갖고 있었다. 굳이 돈까지 내가면서 모르는 사람들이랑 어색하게 얘기를 한다고? 그러나 시간이 지나면서 내가 좋아하는 음악과 영화, 책에 대해 이야기할 사람들이 줄기 시작했다. 이젠 만나서 하는 얘기라곤 주식과 부동산, 육아뿐이다…….'

사회생활을 하면서 자연스럽게 연락이 뜸해졌던 대학 시절 친구가 인스타그램에 올린 이 글에 어찌 공감하지 않을 수 있을까. 마침 나 역시 사람과의 대화에 갈증을 느껴 몇 달간 랜

선으로 교류하는 살롱에 30만 원을 지불한 직후 마주친 글이었다. '사람을 알고 대화를 나누는 데 이런 돈을 쓰는 것이 미친 짓인가'라는 고민에 휩싸이길 여러 번, 그래도 해보고 싶은 건 하고 마는 성격이라 커리어를 고민하는 여성들이 모이는 유료 커뮤니티에 가입했다.

바야흐로 '유료 사교 모임'의 전성 시대다. 수년 전 트레바리 같은 유료 독서 모임이 생겼을 때만 해도, 많은 사람이 "책을 모여 읽는데 돈을 낸다고?"라는 반응이었다. 게다가 이런 모임들은 비용도 결코 저렴하지 않다. 3~4개월 기준 30만 원가량의 회비를 오로지 '사람을 만나기 위해' 고민 없이 쓸 수 있는 사람이 그리 많을까.

그래서 코로나19 이전에는 이런 모임들이 조금 마뜩잖았다. '회비'라는 장벽을 동원해 '안전'하다고 여겨지는 이들이 모인 요새처럼 느껴졌기 때문이다. 비슷한 성장 배경에, 비슷한 학력에, 비슷한 취향의 사람들을 '검증된 커뮤니티'에서 만나고 싶은 마음이야 이해 못 할 것도 없다. 특히 여성으로서 이 사회에서 살다보면 그러한 안전장치는 더욱 절실해진다. 돈을 내더라도 무해한 사람들과 교제하고 싶다는 열망은 아마 나만 가진 게 아닐 것이다. 계급적으로든 취향이든 유사한 사람들이 모여 사전에 합의된 주제로 교유하는 것은 얼마나 안전한가. 동시에 담장 앞에서 주저하고 멈춰선 이들이 느낄 감정을 생각하면 그리 유쾌한 경험만은 아니었다.

그런 내가 생각을 바꾼 계기에도 코로나19가 자리하고 있다. 팬데믹은 관계에 있어 또 다른 세상을 활짝 열어젖혔다. 새로운 사람을 소개받을 기회가 극히 제한된 상황에서, 돈을 내고 비대면으로 서로를 알게 되는 게 사람을 사귀는 거의 유일한 통로가 된 탓이다. 사람들의 생각이 안으로만 수렴되어서인지, 혹은 활동하는 공간이 집으로 국한되어서인지, 친구의 말마따나 모든 대화가 기승전'돈(부동산, 주식, 가상화폐)'으로 흐르는 세태에 염증을 느끼던 차였다. 새 친구를 사귄다고 해서 옷을 갖춰 입고 집에서 왕복 2시간은 걸리는 도심지까지 '사람 찾아 떠나는 여행'을 하지 않아도 된다는 점도 무척 매력적이었다. 노트북 화면을 통해 "안녕하세요, 저는 이혜미라고 해요"라고 격식 있는 인사를 건네면서도 아랫도리엔 파자마를 입고 있을 때의 희열이란.

온기가 맞닿지 않아도 우리는 사람에게서 위로를 받을 수 있을까. 내가 가입한 커뮤니티는 주로 30대 여성으로 이뤄진 살롱이다. 다양한 분야, 여러 처지에 놓인 여성들이 서로가 서로의 레퍼런스가 되어 성장하자는 취지다. 우리는 정기적으로 디지털 협업 툴인 '슬랙'과 화상 회의 프로그램인 '줌'을 통해 매달 두세 차례씩 만난다. 공통의 영화와 소설을 읽고 숙제처럼 서로 감상을 남기며, 자신이 가진 재능을 활용해 작은 수업을 열기도 하면서 함께 성장한다. 나는 초등학교 시절에도 독후감 숙제를 가장 싫어했던 불량 학생이었기에, 비싼 회비를 내놓고도 마감 시간 직전에 허겁지겁 줄거리와 짧은 인상 비평을 남기는 데 그치지만……. 하지만 나를 제외한 많은 사람은 차가운 카메라 렌즈를 바라보면서 눈물을 흘리기도 하고, 아는 것은 이름과 영상 배경으로 유추해봄 직한 거실의 벽지 무늬뿐인 타인에게도 기꺼이 자신의 트라우마를 펼쳐 보였다. 중요한 건 대면, 비대면 같은 관계의 형식이 아니라 각자가 관계에 임하는 마음가짐일 수 있다는 생각을 하게 된 계기다.

코로나와
관계 다이어트

"요새 시국이 시국이라, 코로나가 조금 사그라들면 볼까?"

2020년 1월 국내에 첫 코로나19 확진자가 발생한 이후 타인에게 가장 많이 한 말을 꼽자면 바로 이 문장이 아닐까 싶다. 누군가의 회합 제안에 자동응답기 같은 답변을 반복하다 보면 금세 이런 반응이 돌아온다. "기자가 사람을 안 만날 때도 있어?" 기자는 코로나 안 걸리나. 속으로만 심통을 부린다.

그도 그럴 것이, 코로나의 위기감이 커져가는 와중에도 대부분의 기자는 취재활동을 이어갔다. 사람을 만나야 기사가 나오니 어쩔 수 없었다. 코로나19 시기라고 해서 사건·사고가 일어나지 않을 리 없고, 온갖 부조리와 비리가 감염병 창궐 상황을 봐주지도 않는다. 게다가 2020년은 21대 총선이 있었던 해. 바이러스가 확산돼도 국민의 대표는 뽑아야 했고, 나는 당시 정치부 기자로서 유세 현장 길바닥에서 기사를 쓰곤 했다.

정치부 기자의 하루는 그야말로 자는 시간 빼고 모두 '사람과의 만남'이었다. 국회의원, 당직자, 보좌진, 그 외 정치 영역의 모든 사람을 샅샅이 만나 얼굴도장을 찍었다. 여의도에 떠도는 이야기들을 듣기 위해서 점심, 저녁 할 것 없이 사람들을 만났다.

사람을 만나면서 공복으로 사교할 리 없다. 끼니마다 오찬, 만찬이라는 이름의 약속이 가득했고 점심부터 술을 마시기도 했다. 밤마다 뒷골에 쥐가 나는 통증에 시달리면서도 매일 오전 5시 30분에 일어나 8시까지는 국회로 출근했다. 그것도 이동하는 와중에 조간신문을 모두 읽으면서. 운동은커녕 아침에 눈 뜨고 밤에 눈 감으면 감사한 날들이었다. 주말엔 무언가를 계획할 힘 없이 침대 위에 옴짝달싹 못한 채 누워 있었다.

처음 기자를 꿈꿀 때엔 막연한 정의감이 온몸에 흘렀다. '세상을 향한 호기심이 넘치면서 사회의 어두운 면을 밝히고 싶어하는 나 같은 사람이 해야지!'라는 일종의 근거 없는 자신감이랄까. 유독 공적 자아가 비대한 나에게 딱 맞는 직업 같았다. 업에 발을 들이긴 했지만, 일찍이 누가 기자의 주된 업무는 '사람 만나며 기 빨리는 일의 연속'이라는 설명을 한 번만 해줬더라면…….

내향적인 성격은 아니지만, 사람을 만날 때마다 진심을 다하는 탓에 에너지 소모가 상당한 편이다. 사람들 사이에서 꿔다놓은 보릿자루처럼 보이고 싶지 않다는 마음, 이왕이면 분위기를 주도하고 유쾌한 사람으로 기억되고 싶다는 욕심이 뒤엉켜 좀처럼 자연스럽지 못했다.

특히 직업적으로 취재원에게 '기억에 남는 기자'가 되어야 훗날을 도모할 수 있다는 점 때문에 더 애를 썼다. 몸이 물먹은 솜처럼 천근만근이어도 내가 없는 자리에서 '특종'이 나올까봐 무거운 몸을 이끌고 약속 장소로 향했다.

카카오톡에 등록된 친구는 날이 갈수록 늘어갔지만, 마음은 마모됐다. 왁자지껄 모임을 가진 뒤 귀가할 때면 '괜히 불필요한 말을 했나' 하는 후회가 들면서도 동시에 '오늘 기 빨린 만큼 내일은 남다른 기사를 쓸 수 있겠지' 하는 뿌듯함이 교차했다.

사람을 만나는 게 힘들면서 동시에 보람차서 더 버거웠다. 직업 때문인 건지 천성이 그런 건지 사람에게서 벗어나고 싶다가도, 혹시나 내가 없는 자리에서 취재거리가 생기고 재밌는 이야기가 오가진 않을까 싶어 끝내 사람을 찾아 헤매는 가학적인 날의 연속이었다.

누구나 '소외'에 대한 불안이 있다고 생각한다. 나를 제외하고 사람들이 비밀을 공유하진 않을지, 나만 빼고 돈독해지는 건 아닐지. 잠깐의 귀찮음으로 혼자 있기를 선택했으나, 소파에 누워 나만 없는 SNS 사진을 볼 때 씁쓸해하는 내 모습도 궁상맞다. 직업병 측면이 크겠지만, 그런 불안은 나처럼 만남을 버거워하는 사람마저 기어코 발걸음하게 만든다.

'코로나 때문에 다음에 보자'라고 쓰고 '해방'이라고 소리 내어 읽어본다. 안부 인사 끝에 건네는 '언제 밥 한번 먹자'는 말도 인사치레로 끊어내지 못하는 나는 특히 이 문장의 덕을 톡톡히 보고 있다.

"밥 한번 먹자." 대화를 마무리할 때 서로가 별 뜻 없이 하는 말인 걸 알면서도, 찰나의 어색함을 견디지 못해 나는 "그럼 말 나온 김에 한번 볼까"라고 기어코 말하고 마는 부류의 사람이다. 온라인으로 연결된 채 한 번도 본 적 없는 이와 점심 약속을 성급하게 잡고, 약속 시간이 다가올 때마다 괴로워한다. 10년 전 캠퍼스에서 마지막으로 보고 지금은 무슨 일을 하는지 모르는 사람도 예외는 아니다. 연락이 가까스로 닿을수록 "밥 한번 먹자"라는 인사를 피하기 어렵다. 거절을 못 해 꾸역꾸역 휴일을 할애하며 사람을 만나던 내게 이제 "코로나가 있으니 다음에 기회를 잡아보자"라는 마법의 주문이 생겼다.

코로나19는 많은 이에게 큰 고통을 안겼지만, 그럼에도 한 가지 분명한 사실은 이를 계기로 꽤 많은 사람이 관계로부터 해방감을 느끼게 됐다는 것이다. 주재하는 사람을 제외하곤 딱히 즐거울 일 없는 회식으로부터의 도피, 가족 규범 안에서 주어진 역할을 충실히 수행해야 하는 명절을 합법적 이유로 건너뛸 수 있는 일탈, 집 근처를 지나가는 친구의 갑작스러운 번개 요청에도 매몰찬 사람이 되지 않을 수 있는 간소함이 좋다. 사회생활을 하며 마주치는 이들과의 관계를 위해 애써 스몰 토크를 시도하지 않아도 되어 편안하다.

앞서 설명했듯 소외에 대한 불안이 큰 나로서는 '나뿐만 아니라' 모두가 멈춰선 것도 마음 한쪽의 불편함을 덜어내는 요소다. 무엇보다 이제 나는 코로나가 끝난 후 다시 모두가 예전처럼 만남을 갈구하게 되더라도, 전처럼 불안하지 않을 것 같다. 혼자 있는 시간의 귀중함, 나를 사람들 앞에 애써 드러내고 소개하지 않아도 되는 편리함, 사람들과의 만남이 나의 가치를 증명하지 않는다는 자존의 감각 같은 것을 익혔기 때문이다.

피상적인 관계를 주렁주렁 매달고 다닐 때엔, 관계 유지를 위해서라면 그다지 중요하지 않은 것들을 쉽게 내어줄 수 있었다. 번화가까지 이동하는 시간, 카페에서 이야기를 나누며 쓰는 돈, 진심으로 공감하진 않지만 분위기를 맞추기 위해 상대가 늘어놓는 험담을 인심 쓰듯 들어주기 같은 것들.

하지만 한번 '관계 다이어트'에 익숙해지자, 견디지 못하는 관계의 순간을 애써 참아내는 것의 역치가 확 낮아졌다. 이제 '다른 사람'의 가면을 쓰고 불편한 의자에 맞춰 앉아 있는 것엔 영 자신이 없다. 술자리의 누군가가 아무렇지 않게 내뱉는 여성혐오적 농담에, 분위기 망친다는 핀잔 듣기 싫어 썩은 미소로 넘어가는 것. TV 속 연예인의 외모를 마치 소고기 부위 따지듯 품평하는 문화에 동조하는 것. 각자의 취향이 있을진대, 그저 '미혼 남녀'가 동석만 하면 어떻게든 연애 상대로 엮으려는 무례에 단호하게 대처하지 못하는 것. 피 끓는 청춘에 연애를 하고 있지 않은 이를 향한 "그러다 아무도 안 데려가서 독거 노인 된다"는 구시대적 발언을 견뎌야 하는 것. 이전에는 이 모든 것을 버텨야 한다고 생각했다. 몸에 맞지 않는 옷은 입고 있지 말고 훌훌 벗어도 된다는 것, 그것이 코로나19가 관계를 쳐내지 못하는 내게 준 교훈이다.

'내가 나로서 존재할 수 있는가.'

앞으로 어떤 형태의 관계를 맺더라도 가장 우선순위에 둘 척도다. 팬데믹 동안 새롭게 발견한 나의 모습이 아주 많다. 그리고 이것은 조금도 깎여나가고 싶지 않은 나의 본질이다. 내가 어떤 사람인지, 무엇을 해야 행복한지, 관계에 있어 어떤 감각을 추구하는지를 들여다보고 알게 된 지금, 나의 희소한 자원을 현명하게 분배하고 싶다는 생각이 든다.

어떤 사람이라는 것을 설명할 필요가 없고, 불편한 것을 굳이 설명하지 않아도 공통된 감각을 지닌 사람들이 차리는 예의가 좋다. 예민해서 오히려 편하다. 무감각한 관계가 주는 불편함에서 벗어나기 위해 나는 오늘도 만남 제안에 이렇게 말한다.

"시국이 시국이라, 코로나 이후를 기약하자!"

사랑도 상장폐지가 되나요?

"결혼은 언제 하세요?"

'결혼 적령기'라는 표현만큼 시대의 흐름을 따라가지 못하는 단어가 없다고 생각하지만, 세상의 변화에 조금 뒤처진 이들은 거리낌 없이 내게 묻곤 한다. 아마 결혼을 염두에 둬야 하는 나이라 생각해서일지도 모르겠다. 그런데 나는 놀랍게도 결혼이라는 것을 하면 어떨지 상상조차 해본 적이 없다. 생각해본 적이 없어서 언제 결혼하겠다는 답을 하기도 어렵다. (20대엔 '이렇게 말하는 애들이 빨리 시집간다'는 말을 듣곤 했지만, 아직까지 무소식인 것을 보면 언행일치는 증명한 셈이다.) 법적 구속력으로 사람과 사람을 묶는 것에 회의적인 편이다. 게다가 내가 만약 결혼을 결심한다면, 그건 법적으로든 정서적으로든 구속하고 싶은 상대가 있기 때문일 텐데 그 말인즉슨 나 역시 상대에게 구속되어야 한다는 것 아닌가.

고양이 두 마리와 지내는 지금의 생활이 매우 만족스럽다. 평일에는 열심히 기자로 일하고, 주말에 고양이를 쓰다듬으며 읽고 쓰기만 하는 은둔생활도 적당히 바빠 무료할 일이 없다. 아직 결혼 생각이 전혀 없는 싱글이 주변에 한가득이라 조바심이 나지도 않는다. 줄 서서 먹는 맛집을 함께 탐방하고, 인스타그램 속 유명 관광지를 함께 갈 친구들이 있어 난감하지 않다. 언젠가 친구들이 모두 결혼을 한다고 할지라도 상관없다. 그때는 또 다른 비혼 친구들을 찾을 새로운 기회가 생겨날 테니까.

코로나19 이전 이른 나이에 결혼한 친구들이 '시댁'과 함께 해외여행을 가서 '어머님, 아버님'이 좋아하는 음식을 먹고 함께 스노클링을 했다는 SNS 포스팅을 볼 때 이질감은 더욱 극대화됐다. 나는 30여 년을 함께한 엄마와도 기념일이나 명절에 '단 하루' 함께 보내는 것으로 충분한데……. 새로 만날 가족의 훌륭한 인품 및 지성과는 별개로 말이다. 단 한 번 본 적 없는 타인의 조상을 위해 전을 부치는 건 머리로도 마음으로도 영원히 받아들이기 어려운 구습이라 생각한다. 그래서 누군가 내게 비혼 여부를 묻는다면 "99퍼센트 비혼이에요"라고 답한다. '운명의 상대'를 만날 1퍼센트의 가능성을 여전히 포기하지 못하는 거냐고? 천만에. 인생에 100퍼센트 확신할 수 있는 일은 없다는 지극히 현실적인 판단에서다.

이런 확고한 마음을 가진 나조차 이따금 '결혼이 필요한가'라며 고민에 빠지는 순간이 있다. 혼자 벌어 생활해서는 서울 외곽의 30년 된 소형 아파트 신세를 벗어나지 못할 것 같다는 생각이 들 때다. 혼자 벌어서 이사 갈 수 있는 동네, 살 수 있는 집의 크기는 무척 제한적인데 아무래도 둘이 모아 벌면 더 쉽게 좋은 집에서 살 수 있지 않을까. 게다가 모든 제도의 사각지대에 놓인 '비혼 여성'보다 가족을 이루면 여러 측면에서 정부 정책의 수혜를 받을 수 있다. 청약에 당첨될 가능성도 높아진다. 눈만 마주쳐도 저릿한 심장, 손가락이라도 스치면 부푸는 마음, 서로를 의지하며 나누는 온기 같은 것만이 결혼의 동기가 되어야 하는 걸까.

얼마 전 신문에서 '결혼이 M&A가 된 세상'•이라는 칼럼의 제목만 보고도 물개박수를 치며 공감할 수밖에 없었던 이유다. 칼럼의 내용은 젊은 세대에게 결혼은 각각이 가진 '자산의 결합' 같은 일이 되어버려서, '자산을 두 배로 투자하는 효과'

• 「결혼이 M&A가 된 세상」, 한국일보, 2021.3.12, https://www.hankookilbo.com/News/Read/A2021031213550005615

를 낼 수 있는 상대를 찾게 된다는 것이었다. 칼럼은 "우린 이제 순수한 사랑은 할 수 없는 걸까? 현실이 사랑을 죽였네. 시대가 씁쓸했다"라는 말로 마무리 짓는다.

'정말 요즘 젊은이들은 이렇게 생각하느냐?'라고 누군가 묻는다면, 앞서 설명했듯 내 대답은 '예스'다. 또래 직장인들이 모여 있는 익명 기반의 커뮤니티 '블라인드'에도 자신이 가진 스펙에 자산까지 더해 만남의 '급'이 괜찮은지 묻는 질문이 종종 올라온다. 그런데 이런 세태가 꼭 우리 세대만의 일인가 싶기도 하다. 십수 년 전에도 TV를 틀면 재벌들의 '혼맥 비즈니스'가 심심찮게 전해졌고, 역사 속에서 왕조는 이웃 나라와의 화친을 위해 공주를 신붓감으로 보내기도 했다. 애초에 결혼은 결합으로 이득을 얻으려는 집안 사이의 M&A가 아니었던가. 다만 과거에는 왕족이나 재벌 등 특권 계층이 활용했던 방식이 오늘날 필부필부에게로 확대됐을 뿐이다. 역사책에도 나올 만큼 유래가 깊었던 일을, MZ세대가 하면 한순간에 '요즘 애들은 대체 어쩌려고' 하는 통탄을 덮어쓴다.

옛 노래 가사는 말했다. "비가 새는 작은 방에 새우잠을 잔대도 고운 님 함께라면 즐거웁지 않더냐(전인권, 허성욱, 〈사노라면〉)"라고. 세상은 이 가사를 인용하면서 '신혼은 마음만 맞으면 하나씩 일궈나가는 재미가 있는 것'이라고 강조한다. 그런데 이 노래가 발표된 시기는 무려 내가 태어나기도 전인

1987년이다. 그리고 지금은 그 시기에 태어난 MZ세대가 결혼식장에 입장하는 2021년이다.

2021년, 코로나19로 비대면 상황이 이어지면서 가뜩이나 가문 젊은이들의 연애 전선도 비상이다. 손쉽게 "소개팅 시켜달라"고 요청하기도 어려운 날들이 이어지고, 자연스럽게 이성을 만나던 술집도 영업이 축소되면서다. 무엇보다 다들 안전을 이유로 외출보다 '집콕'을 선택한다.

그러다보니 주변에서는 데이팅 앱을 사용하는 경향이 눈에 띄게 늘었다. 한 조사에 따르면, 데이팅 앱 시장이 지출 기준으로 전년 대비 15퍼센트 성장했다고 한다.• 그중 1위는 단연 외국계 앱인 '틴더'다. 주변 사례를 보면 데이팅 앱을 통한 성사율도 꽤 높다. 결혼까지 이른 커플도 벌써 여러 쌍. 예전에는 쉬쉬하며 데이팅 앱을 이용하던 것과 달리, 관련 주제에 대한 사람들의 대화 빈도도 부쩍 늘어난 걸 보면 더 이상 일부 마니아의 전유물이 아닌 셈이다.

'MZ세대'로 묶이지만 Z세대보다는 밀레니얼 세대에 가까

• 「소개팅도 언택트?…데이팅 앱 시장 급성장」, 한국일보, 2021.2.19 https://www.hankookilbo.com/News/Read/A2021021910200002494

워서일까. 앱을 통한 만남에 거리낌이 없는 이들의 모습을 보면서 나 역시 약간의 세대 차이를 느낀다. 얼마 전 유튜브를 통해 1992년생 이슬아 작가가 출연해 친구들과 대화하는 영상을 봤다.• 비건을 지향하고 여러 소셜 채널로 독자들과 소통하는 그는 뉴스레터 형식의 연재물인 '일간 이슬아'를 발행하며 새로운 분야를 개척하는 인물이다. 동의 없이 누군가를 규정하는 것은 무례한 일이지만, 나는 그의 글과 활동을 지켜보며 '요즘 애들'의 사고방식과 생활 양식을 존재로서 치열하게 드러내는 사람이라는 생각을 하곤 했다. 고작 세 살 많을 뿐인데 적당히 세상과 타협하며 고리타분함까지 장착한 '젊은 꼰대'로서, 그가 유연하게 경계를 넘나드는 모습에 부러움과 경외심도 듬뿍 느꼈다.

그는 요즘도 데이트 상대를 찾거나 친구를 사귀고 싶을 때 '틴더'를 애용한다고 했다. 책과 유튜브뿐 아니라 지상파 채널에도 곧잘 출연해 얼굴이 알려질 대로 알려진 인사인데 말이다! 이런 솔직함과 자유분방함은 무척 매력적으로 느껴졌다. 자신을 알아보는 것과 상관없이 솔직하게 욕망을 표출하고 행동으로 옮기는 모습은 솔직히 내게는 찾아볼 수 없는 것이라 닮고 싶은 마음도 들었다.

• tvN 「틴나는 온앤오프」2021.4.23. https://www.youtube.com/watch?v=bH3JpKSkg80

내가 또 놀란 점은, 그와 출연한 또래 친구들은 데이트가 아니더라도 그저 새로운 사람을 만나기 위해 유연하게 앱을 이용한다는 점이었다. 그의 비건 친구들은 틴더를 '비건 친구 찾는 용도'로 사용한다고도 했다. '비건 지향'이라는 표식을 더해 자신을 소개하고, 삶의 철학에 동의하는 이들과 온라인을 통해 연결되면서 인식 체계를 더 확대해나가는 것이다. 데이팅 앱이 더 이상은 '결혼정보회사'의 언택트 버전만을 수행하는 것이 아니라, 이따금 새로운 친구를 사귀고 삶에 리듬을 주는 재미가 되어버린 것이다.

밀레니얼과 Z세대 사이에서 줄타기를 하는 나는 사랑을 인수합병쯤으로 여기는 사람들도, 삶의 변주를 위해 데이팅 앱을 적극 활용하는 사람들도 충분히 이해가 된다. (뿐만 아니라 다른 사람의 삶의 양식과 연애 방법을 다른 사람이 이해하고 말고 할 문제도 아니라고 생각한다.)

한 가지 확실한 건 어떤 양식의 관계를 맺든, 주변의 성화나 세상의 기준으로 연애와 결혼을 하지 않을 것이라는 점이다. 주체성이 중요한 나는 '1+1=1'이 되는 관계를 원한다. '1+1=2'나 '1+1=2+@'가 아닌, 다른 사람과의 만남이 삶의 문턱을 드나드는 와중에도 온전히 '나 자신'으로 존재할 수 있는 그런 주체적인 관계 말이다.

'잠재적 피해자'로 산다는 것

때는 2012년. 스물네 살의 나는 급하게 학교 근처 자취방을 수소문하고 있었다. 미국에서 인턴을 하고 돌아와 복학을 앞두고 있던 터였다. 신입생은 훌쩍 지난 나이라 기숙사는 가망이 없었다. 아르바이트를 더 하는 한이 있더라도 월세방을 찾아야 했다. 정보를 긁어모으려고 학교 커뮤니티 익명 게시판에 글을 올렸다. 그때까지만 해도 몰랐다. 조금도 상상하지 못한 댓글이 주르륵 달릴 줄이야.

"원룸 찾고 있는데 연대 서문西門 쪽 치안 괜찮나요?"

여기서 잠깐, 이 질문은 누군가를 화나게 만들 만한 질문이었을까? 화가 난다면 대체 무슨 포인트가 문제인 걸까. 예상치 못한 악플이 달렸다.

"이년이 어디서 잠재적 가해자 취급하고 있어? 너 같은 건 줘도 안 먹는다."

실제로는 이것보다 훨씬 더 심한 욕설로 기억한다. 동조 댓글도 '222' '333' 하며 주렁주렁 달렸다. 어떤 생활의 팁과 조언이 달렸을까 두근거리며 게시물을 확인한 나는 머리카락이 주뼛 서는 기분이 들었다.

그 글을 올린 것은 '누가 읽어도 알 수 있겠지만' 불특정 다수의 어떤 남학우들을 공격하려는 의도가 아니었다. '어디 편의점 근처나 큰 길가 쪽은 안전해요' 같은 조언이 돌아오는 것이 내가 상상한 '상식적인' 범위 안의 의사소통이었다.

예상치 못한 반응에 가슴이 떨려 우물쭈물 글을 삭제했다. 집단 린치를 당한 기분이었다. '내가 잘못한 건가?' '내 글이 누군가의 기분을 상하게 했나?' 몇 년 전의 내가 흔히 했던 자기검열이었다. 익명의 그가 왜 화를 내는지도 몰랐고, 그렇다고 나의 안전이 확보된 것도 아니었지만 당시에는 이 맥락을 설명할 수 있는 '언어'가 없었다.

그러고 나서 1년쯤 지났을까. '주거침입 범죄 피해자'로서 진술을 하기 위해 서대문경찰서를 빠져나오며, 나는 학교 게시판에 글을 올린 그날을 떠올렸다. '치안 상태'를 물었다가 '잠재적 가해자' 취급한다고 욕을 흠씬 먹었던 바로 그 동네에서 일어난 일이었다.

모두가 잠든 새벽, 전혀 모르는 남성이 별안간 현관 문고리를 흔들며 "아가씨 술 한잔 하자"고 소리를 질렀다. 벨을 쉴 새 없이 눌렀고, 철문을 발로 찼다. 나는 새로운 동네로 이사 갈 때마다 휴대전화 0번에 관할 지구대 번호를 저장하는 습관이 있다. (이 역시 여성이 아니라면 쉽게 갖지 않을 습관이다.) 이날 0번을 눌렀고 우리 집에 온 남성 경찰 두 명은 집 근처를 배회하던 한 남자를 잡았다. 그러고는 '믿을 수 없게도' 혼자 바들바들 떨고 있는 내게로 그를 데려와 대면시켰다.

"이 사람 맞죠?" 나는 '여자가 혼자 사는 것이 확실해진 집' 앞에서 그가 용의자임을 확인해야 했다.

범인은 우리 학교 남학생이었다. '잠재적 가해자' 취급한다며 열 내던 남학우 본인은 아니었겠지만, 결과적으로 나는 우리 학교 남학생에게 침범당했다.

더 황당한 일은 그를 경찰에 넘긴 이후에 일어났다. 피해자인 나의 안위는 온데간데없었다. 피해자가 얼마나 겁에 사로잡혀 있을지 상상해보려고 노력은 했을까. 가해자는 원룸에 도로 찾아와 '읍소하는' 편지를 우편함에 넣고 가고, 그 부모는 문자메시지를 남겨 집 앞 카페에서 돈봉투까지 들이밀며 선처해달라고 요구했다. (지금 생각하면 내 개인 전화번호는 어떻게 알았는지가 더 궁금하다.)

아들 가진 부모가 "제발 우리 아들에게서 떨어져달라"며 돈봉투를 꺼내는 한국 드라마는 틀렸다. 현실을 적나라하게 고증하면 이런 인물들이 등장해야 한다. 다른 여성의 집에 침입하려다가 붙잡힌 아들을 지키기 위해 돈봉투를 꺼내는 부모, 스토킹하던 여성과 엄마, 여동생까지 살해한 아들이 구속된 사이 짐을 바리바리 싸서 이사 가는 범죄자의 부모, 군에서 자신의 아들이 저지른 성범죄를 무마하기 위해 부사관인 피해자에게 끝없이 선처를 강요하는 부모……. 당시 피의자가 전역을 앞둔 군인 신분이라고 부모가 읍소하는 까닭에 처벌 의사를 거뒀다. (지금이라면 어림도 없다.) 돈도 받지 않았다. 조금도 엮이고 싶지 않은 마음이었기 때문이다.

내게 일어난 '사건'을 마무리하며 모든 남성을 '잠재적 가해자' 취급하지 말라던 익명의 댓글이 떠올랐다. 본인은 '잠재적 가해자'가 아니라며 상욕을 했지만, 결국 나는 '잠재적 피해자'였던 것이다.

'잠재적 가해자'가 뭐길래 대체 이렇게 떠들썩할까. 물론 누군가가 잠재적 가해자로 바라보는 시선을 느끼면 굉장히 불쾌할 것이다. 그러나 정말로 운이 나쁜 누군가는 100만 명 중 단 1명의 '확신적 가해자'만 만나도 회생 불가할 피해를 입는다.

주거 침입 사건이 있었던 때, 나는 꿈에 그리던 회사의 면접을 코앞에 두고 있었다. 사건 이후 매일 불을 켜놓고 뜬눈으로 지내야만 했다. 당연히 좋은 결과를 거두지도 못했다. 탈락 소식을 확인한 후 두말 않고 두려움에 짐을 싸서 한동안 고향에서 지냈다. 이 무형의 피해는 내가 여성이 아니면 겪을 일이었을까? 한 여성이 평생 겪는 이 같은 '자잘한' 피해를 경제적으로 환산한다면 얼마나 될까? 늦은 밤 지하철역 안에서 이상한 낌새를 보이는 남자를 피하느라 막 도착한 열차를 먼저 보낸데 사용한 6분의 시간, 집에 남자가 있는 것처럼 보이기 위해 현관에 둔 3만 원짜리 남자 신발 등 이런 사소한 비용은 분명 내가 남자였으면 낭비하지 않았을 것들이다. 이 '공기' 같은 피해와 차별은 보이지도 않아서 어디에 청구할 길도 없다.

자라면서는 "아빠 말고는 다 늑대야"라는 말을 심심찮게 들어온 딸은, 학교 커뮤니티에 원룸촌의 치안을 물어봤다고 하여 '잠재적 가해자로 취급했다'며 욕을 먹고, 동시에 주거 침입자는 학교 남학생인 이 상황의 모순을 도무지 설명할 언어가 없었다. 화를 내지도 못하고 묵묵하게 피해를 감당하는 건 스스로의 몫이다. 이 얼마나 불편하고 부당한가.

견실하게 살아가고 있는 모두를 '잠재적 가해자' 취급하지 말라고? 박원순, 오거돈, 안희정, 김종철도 가해자인 세상이다. 인면수심인 이들에게 내가 감사하는 부분은 딱 한 가지다. 이 사람들 덕분에 '누구나 가해자가 될 수 있다'는 명제를 굳이 우리가 증명해내지 않아도 되게 됐다. 여성의 두려움에 공감하고, 더 안전한 세상을 만드는 데 힘을 보태기는커녕 하루하루 살얼음 위를 걷는 듯한 여성을 향해 '그 정도면 피해망상'이라는 포식자의 언어를 무신경하게 내뱉는 남성이 있다면 이렇게 되물을 것이다.

"당신이 박원순, 오거돈, 안희정, 김종철보다 도덕적으로 우월한가? 사회적으로 잃을 것이 많은가? 학력, 경력이 뛰어난가? 그렇게 시민의 곁에서 여성 인권 증진을 이끌었던 박원순 전 시장도 가해자가 됐는데, 도대체 무슨 '선의'로만 가득한 세상을 살고 있다고 경계를 풀고 살란 말인가?"

2021년을 살아가는 우리는 이제 '페미니즘'이라는 언어를 갖게 됐다. 한때 나는 나 자신이 열심히 하기만 하면, 그러니까 그럴듯한 대학을 졸업하고 펜으로 글을 쓰는 직업을 갖기만 하면 '보편 시민'으로서의 권리를 누리면서 자유롭게 살 수 있을 줄 알았다. 많은 여성이 하는 착각이다. 좋은 대학, 좋은 직장을 다녀도 여성인 이상 숨 쉬듯 성차별적 상황에 놓이고 남자였으면 쏟지 않아도 될 에너지를 소진해야 한다. 개인의 '능력' 따위로 전복할 수 있을 것이라고 생각한다면 크나큰 오산이다. 이 모든 차별이 페미니즘이라는 언어를 알기 전까지는 구조가 아닌 개인의 문제인 줄 알았다. 아니, 어떠한 성차별이 '잘못'인지도 몰랐다.

이제 우리에겐 '페미니즘'이 있다. 공기처럼 가해지는 피해와 차별에 대해 '그것은 잘못입니다'라고 말할 수 있는 근거가 생긴 것이다.

페미니즘,
자신을 성찰하는 언어

'남성으로 하여금 자신이 가해자와는 다른 것을 정성스레 증명하라'는 내용이 담긴 한국양성평등교육진흥원(양평원)의 교육 영상으로 세상이 시끄럽다. 논란이 되기 전에도 이 영상을 봤던 나는, 앞뒤 맥락을 모두 소거하고 "남성이 잠재적 가해자라고?" 하면서 분노하는 이들을 보며 여러 해 전 학교 커뮤니티에서 급발진하며 화를 냈던 남학우를 떠올린다.

이 영상을 비판하며 '안티페미니즘'에 열을 올리는 이들은 과연 전체 내용을 봤을까 의문스럽다. 해당 영상이 말하는 것은 누구나 어느 상황에서 갑이나 을이 될 수 있고, 가해와 피해의 자리에 놓일 수 있으니 타인의 입장에서 생각해보자는 합리적이고 친절한 메시지였다. 심지어 영상은 나윤경 양평원장 어머니 사례까지 들어, 당신이 노인, 여성이라는 약자의 정체성을 띠고 있음에도 불구하고, 중국 동포 가사도우미 앞에서는 잠재적 가해자가 될 수 있음을 설명한다. 누군가의 생계가 달린 만큼, 타자의 의심과 경계를 기분 나빠하지만 말고 내가 어떤 선량한 시민인지를 증명해 보이는 것이 어울려 사는 초석이 될 수 있음을 강조하면서다.

물론 이 이야기는 은유다. 그러나 어떤 차별과 혐오 상황에도 적용 가능하다. 지금 미국에 있는 지인들은 바깥에 나가는 것이 두려워 자발적으로 재택근무에 돌입했다. 코로나도 아닌 인종차별범죄 때문에 재택근무를 신청하다니. 아시아인들이 두려움과 공포를 느낀다고 해서, 다른 인종 사람들이 "야, 우리가 잠재적 가해자야? 집 밖으로 나오라고!" 하며 외친다면 납득할 수 있을까. 우리가 '시민으로서' 사회에서 어울려 지내기 위해, 여성이 겪는 차별 구조를 인식하고 경계심을 풀도록 설득하며 이해해나가자는 상식적이고 따뜻한 메시지를 '성 대결'로 전환해 세를 모으는 이들에게 어떻게 대응해야 할까.

안티페미니즘 여론은 '표현'을 문제 삼았다. 숱한 피해 상황에 놓인 여성들이 의심하고 경계할 때, '자신이 가해자와는 다른 남성임을 정성스럽게 증명하는 것이 시민의 의무'라고 표현한 것이 문제가 됐다. 그러나 표면적으로는 표현을 문제 삼았지만, 정말로 반대하는 것은 페미니즘 그 자체라는 것을 우리는 잘 안다. 이를 빌미로 수적 우위와 민원 폭탄의 방식으로 페미니즘을 '굴복'시켜야 한다는 방식의 후진성은 두말할 것도 없다.

누군가는 어떤 자리에서 가해를 할 수 있다. '잠재적 가해자'라는 표현은 차별과 권력 구조 속에서 가해자가 될 수도 있다는 것이지, 지금 당장 당신을 길거리에서 범죄를 저지를 예상 범죄자로 취급하는 것이 아니다. 나름 '피시Political Correctness(정치적 올바름)'한 가치관을 가진 나조차, 갑을 관계가 뒤바뀐 곳에선 무의식적으로 차별에 동조하는 이가 될 수 있다. 그렇기 때문에 늘 자신의 위치를 성찰하며 살아야 하고, 또 그렇게 살려고 노력한다. 이것이 내가 생각하는 페미니즘적 사고 중 하나이며 페미니스트로 살아가면서 깊게 새기는 스스로의 정언명령이다.

남녀 모두를 자유롭게 하는 생각

대학 시절, 늘 돈이 없어 허덕이던 나는 학내 아르바이트나 멘토링(대학생이 멘토가 되어 학생을 가르치며 활동비를 받는 프로그램)을 하며 생활비를 마련했다. 학내 기관인 성평등센터가 추진했던 프로그램으로 기억한다. 당시에는 돈 버는 것에 급급했기에, 장학금 형태로 통장에 돈이 들어온다면야 누가 사업 주체인지는 중요하지 않았다. 프로그램 자체에도 페미니즘의 색은 거의 드러나지 않았으며, 장학금을 받는 멘토도 성별 관계없이 골고루 선발됐다. 디테일이 기억나지 않을 정도로 희미한 옛날얘기를 꺼내는 것은, 이곳에서의 한 경험이 내게 '페미니즘'이 무엇이며 왜 남성에게도 페미니즘이 중요한지 깨달은 계기가 됐기 때문이다.

멘토라는 이름으로 학부생 10명가량이 한 조를 이뤄 활동했다. 대학원생 한 명은 '슈퍼바이저'로서 학부생을 관리하고 인솔했다. 그 역시 장학생의 일원이었다. 주 1회 혹은 월 1회 정도 슈퍼바이저와 멘토들은 정기 간담회를 위해 모여 멘토링 활동 상황을 보고하고 점검했다.

그러던 어느 날 간담회 도중 한 남자 학부생과 남자 대학원생인 슈퍼바이저 사이에서 설전이 오갔다. 아니, 설전이라기보다는 슈퍼바이저의 일방적인 공격이었다. 그때 간담회의 안건이 뭐였는지 정확하게 기억나진 않지만 목격자로서 내가 느꼈던 감정은 생생하게 기억난다. 학부생이 충분히 할 수 있는 건의에 대해 슈퍼바이저는 크게 흥분했다. 몇 번의 치고받는 말들. 학부생의 목소리는 점점 작아지고, 슈퍼바이저는 급기야 해서는 안 될 말을 꺼냈다.

"야, 너 몇 년도 군번이야?"

캠퍼스에서 군번을 꺼내 자신의 위치를 확인받으려는 시도도 유치하기 그지없는데, 슈퍼바이저는 학부생에게 마치고 남을 것을 요구했다. 학내 성평등센터가 자리한 공간은 순식간에 군대 내무반으로 바뀌었다.

나는 가만있을 수 없었다. (그때나 지금이나 불의를 잘 참지 못하고 나서는 편이라 '사나운 몰티즈'라는 별명을 얻었다.) 학교에서 통용되지 않는 권위를 들어 타인의 의견을 묵살하려는 연장자의 태도 자체가 무척이나 폭력적이라는 생각이 들었다. 이후 현장에 있었고 문제의식을 가진 학생 몇 명을 모아 성평등센터 소장을 맡고 있던 교수님을 찾아갔다. 바로 지금의 양평원 원장인 나윤경 교수님이었다.

긴급 간담회 자리가 만들어졌다. 학부생 멘토들이 모였고, 사건 당사자도 자리에 앉았다. 교수님이 사전에 당사자와 그 상황을 어떻게 정리했는지는 알지 못한다. 내가 기억하는 바는 구성원이 모두 동그랗게 수평한 형태로 앉아 그날 있었던 일과 느꼈던 감정을 진술했다는 것이다. 몇몇 학부생은 당시 느꼈던 위압감을 이야기하며 눈물을 흘리기도 했다. 한두 살도 큰 차이로 여겼던 20대였다. 끝내 군번 운운하던 그가 권위와 나이를 내려놓고 사과했다. '위계질서'를 한국 사회의 디폴트라 생각했던 내가 신선한 충격을 느낀 날이었다.

내가 생각하는 페미니즘은 이런 것이다. 가부장제의 위계, 밖에 나와서도 군대로 이어지는 힘의 문화, 나이로 결정되는 권위적인 질서 등을 해체하고 개별자로서 발언하며 침해받지 않고 살아가는 것. 사상이나 이념이기보다 세상을 바라보는 인식의 기틀. 어떤 권력이 작동하여 '불친절한 관습'을 들어 약자와 소수자를 억압하거나 배제하고 있는지를 예민하게 살피는 눈이다. 그렇기 때문에 페미니즘은 궁극적으로 남성에게도 이롭다. 가부장제는 남성을 특정한 성 역할에 가둬 부담을 가중시키고, 전혀 상관없는 상황에서도 '까라면 까' 군대 문화를 주입한다. 남성 연대에 속하지 않으면 쉽게 따돌림 당하는 탓에 원치 않는 접대나 모임에도 꼬박꼬박 나가야 한다. 분명 남성을 해방시키기도 하는 페미니즘이 오늘날 안티페미니스트들로 인해 한국 사회에서 오독되는 것을 보다보면 서글퍼지기도 한다.

영화 「해리 포터」 시리즈의 여주인공 헤르미온느로 잘 알려져 있는 배우 엠마 왓슨은 2014년 유엔 연설에서 이같이 말했다.

"남성 여러분, 성 평등은 여러분의 문제이기도 합니다. (…) 남성들이 이 역할을 맡아 그들의 딸을, 자매를, 어머니를 편견에서 자유롭게 만들기를 원할 뿐 아니라, 그들의 아들 또한 인간적이고 부드러워질 수 있게 하기를 원합니다. 그리고 그렇게 함으로써, 자신들도 더 진실해지고 스스로를 완성할 수 있게 되기를 원합니다."

이렇게 모두에게 좋은 것, 진실된 우정을 나누는 사람들과 성별 관계없이 다 함께하고 싶다.

페미니스트는 어디에나 있다

코로나19라는 특수 상황은 개인의 안전 감각을 극도로 끌어올렸다. '나의 안전'이 지상 최대의 중요한 가치가 되어버렸다. 동시에 낯선 이를 타자화하고 차별하며 혐오하고 배제하기도 쉽다. 위기 상황엔 누구나 배타성을 통해 안전을 확보하기 때문이다. 나는 코로나가 유발한 가장 큰 부작용은 우리 사회에 다양성이 샘솟을 기회가 모두 차단되고 결국 '정상 이데올로기'가 다시 부상하는 것이라고 생각한다.

불과 2년 전만 해도 서울 지하철에서는 중국어를 심심찮게 들을 수 있었다. 명동에서 양손 가득 쇼핑백을 든 이들은 서울 곳곳을 호기심 넘치는 눈으로 누볐다. 물론 그때에도 중국인을 싫어하는 이들은 있었지만 그저 전 세계의 모든 나라가 이웃한 나라랑은 물어뜯고 흠집을 내는 수준의 반감이었다. 하지만 요즘 한국 사회에 뿌리내린 '반중 정서'는 그 수준을 넘어선 듯하다. 한국일보·한국리서치의 여론조사(2021년 5월 말 실시)에 따르면 2030세대에서 반중 정서는 반일감정을 압도하는 수준이라고 한다. 뿐만 아니라 점점 일상 속에서 마주치는 이들의 피부색과 안구 색, 사용하는 언어가 무척 균일해진 것을 느낀다. 한국인, 한국어, 같은 인종, 같은 문화권……. 필연적으로 '단일 민족' '순혈주의' '정상가족' 같은 이데올로기와 결합하면서 낯섦을 기꺼이 받아들이지 못하는 세상이 될까봐 두렵다. 서울광장에서 매년 개최됐던 퀴어 축제도 난항이다. 유력 정치인은 '보지 않을 권리' 따위를 운운했다. 그 많던 성소수자는 다 어디로 갔을까. 비대면의 코로나 시대는 가장 소외된 이들의 얼굴부터 차근차근 지웠다.

생존과 안전이 가장 중요해진 지금, 나의 밥그릇과 일자리, 사회에서의 고정된 지위가 흔들리는 순간 개인은 동요한다. 불안한 개인은 자신의 위치를 위태롭게 하는 목소리를 높인다. SNS는 여과 없는 확성기 역할을 한다. '좋아요'를 많이 받는 온라인 세상에서는 금방이라도 세상을 멸종시킬 것처럼 확산시킨다. 페미니즘 정서의 웹툰에 우르르 몰려가 '별점 테러'를 하고, 『82년생 김지영』을 읽는 아이돌에게 악플을 달며, '허버

허버' '오조오억개' 등 온라인 세상에서 자주 사용하는 신조어에 '페미니즘 단어' 딱지를 붙여 검열하고 사용하게 하지 못하는 세태에 깔린 정서다.

'페미니즘'은 페미니즘이라는 단어 그 자체로 존재하기 어려운 토대 위에 서 있다. 누군가를 굴종시키는 것은 '언어'를 빼앗는 것이어서, 지금의 질서를 유지하려는 기득권이 가장 먼저 한 것은 페미니즘이라는 단어의 오염이었다. 언론, 문학계, 학계 등 담론을 형성하고 소비하는 생태계가 아닌 일상 속에서 페미니즘은 쉽게 누군가를 검열하는 단어가 된다.

"너 혹시 페미니스트 그런 거야?"

"너 혹시 페미 해?"

(페미는 명사 '페미니스트'나 '페미니즘'의 준말로, '~하다'라는 어미와 어울리지 않는다. 이렇게 묻는 저변에는 '너 혹시 일베 해?' 같은 방식으로 '페미'를 일종의 불량 사이트 활동으로 격하시키려는 의도가 숨어 있다.)

"우리나라 페미니즘은 '진짜 페미니즘'이 아니야. '페미나치'지. 극단적인 종교나 다름없어."

('진짜 페미니즘'과 '그렇지 않은 페미니즘'을 구별하려는 것에도 역시 교묘한 의도가 숨어 있다. 예술사회학 연구자 이라영은 자신의 저서 『진짜 페미니스트는 없다』에서 '진짜' 혹은 '진정한'에 대한 집착

은 진짜를 찾기 위해서가 아니라 누구도 진짜가 아니도록 만들기 위해서라고 분석했다.•)

나는 성공한 여성들이 인터뷰에서 곧잘 '나는 페미니스트는 아니지만'이라는 단서가 달리는 자신의 성공 서사를 말하는 경우를 본다. 그런데 인터뷰에 녹아 있는 그의 생각을 살펴보면 영락없는 페미니스트인 것이다. 직장에서 '성별'로 구분하는 관행에 대해 맞설 것, "일은 잘하는데 여자라서……" 같은 낙인에 실력으로 보여줄 것, 여성 선후배와 연대하며 직장 내 공고한 남성 카르텔에 저항할 것 등등. 하는 행동은 페미니스트이지만, '페미니스트'라 불리고 싶지 않은 마음. 실제로 우리 사회가 페미니즘을 어떻게 오독해왔는지 볼 수 있는 장면이다.

'페미니즘'이라는 단어가 주류 가부장 기득권에 의해 부정적인 이미지를 덧입게 되면, 웬만한 신념이 아니고서야 사회에서 '나는 페미니스트다'라고 밝히기 쉽지 않다. 확고하게 페미니즘이라는 틀로 사유한다고 생각하는 나조차, 페미니즘에 적대적인 누군가가 "너 페미야?"라고 물으면 말문이 턱 막힐 것 같다. 내가 페미니스트인 것과 별개로 '페미'가 한국 사회에서 어떻게 통용되고 있는지 잘 알기 때문이다. '페미니스트'는 우리 사회에서 낙인과 같은 말이니까.

• 이라영, 『진짜 페미니스트는 없다』, 동녘, 2018, 5쪽.

그래서 나는 용기 내어 선언한다. 나의 선언이 누군가의 용기가 되도록. 그리고 모래알처럼 흩어지지 않도록 활자로 기록한다.

"나는 페미니스트입니다."

세계관

주어 아닌 주체로 산다

세상은 모르겠고 일상이나 지킬게요

어릴 때부터 정의감이 조금 넘치는 편이었다. 안 좋게 말하면 오지랖일 수도 있고, 좋게 말하면 '공적 자아'가 비대한 것이라 볼 수 있다. 지하철에서 옆사람은 고려 않고 다리를 '쩍벌'하고 있는 사람에게는 꼭 한마디를 해야 직성이 풀렸다. 옳은 말도 결코 안전하지 않은 세상임을 알게 된 이후로는 똑같이 옆에서 다리를 벌린다. 불편함을 느낀 옆자리 남성은 그제야 조금 폭을 좁힌다. 붐비는 출근길, 40대 남성이 엄청난 힘으로 나를 밀치고 앞서간 적이 있다. 물론 참지 않았다. "저기요, 이렇게 세게 치시면 사과라도 하셔야 할 것 아니에요?"

이런 나를 보고 어릴 적 남자 친구들은 "그러다 큰일 난다"

고 일렀다. 요새 세상이 얼마나 무서운데 정의의 사도처럼 온갖 곳에 참견을 하느냐는 것이었다. 그때 그들이 붙인 별명이 '미친 몰티즈' '겁대가리 상실한 치와와' 같은 것이었다. 작은 체구에도 잘못된 것을 보면 쌀알 같은 이빨을 '으르렁'거리며 드러낸다는 의미가 담겨 있다.

아직까지 한 번도 칼에 찔리거나, 무차별 폭행을 당하지 않은 것에 감사해야 할까. 위험에 빠질 수 있다는 걸 알면서도 가만있지 못하는 것은 '그들의 세계'에 균열을 내고 싶다는 충동 때문이다. 어릴 때 집안에서 "오냐오냐" 소리만 들은 아들. 다 크고 나서는 집안 식구들이 눈치만 보도록 권위를 내세우는 가부장. 직장에서 직급과 연차를 들이밀며 손 하나 까딱하지 않는 고위 관리자. 타인을 굳이 배려하지 않아도 되고 누구도 반기를 들지 않는 위치에 있어, 다리를 오므리는 사소한 예의나 배려 자체가 탑재되지 않은 그들에게 '그것은 틀렸다'고 말하고 싶다.

이런 내가 기자라는 직업을 선택한 것은 필연이었는지도 모른다. 사실 기자가 무슨 일을 하는지, 어떤 덕목을 필요로 하는지 미리 알고 만반의 준비를 한 채 업에 발을 담근 건 아니었다. 하지만 연차가 쌓일수록 이 일을 선택하길 잘했다는 생각이 든다. 누군가 직업의 장점을 물을 때 농담을 조금 섞어 '돈 받고 화를 낼 수 있는 것'이라고 답한다. 개인의 사사로운 울화를 풀기 위해 펜대를 놀린다는 의미는 아니다. 공동체를 위해 필요한 분노를 공적으로 표출하는 데서 직업적 보람을 느낀다. 뿐만 아니라 그 문제의식이 정당하고 건강한 것이어야 하기에, 늘 사유를 날카롭고 정확하게 벼리는 데에 소홀하지 않으려 한다. 옳다고 생각하는 것에 목소리 내는 것을 주저하지 않는다.

그러나 이렇게 공적 자아가 지나칠 정도로 비대한 나조차 '지금의 세상을 바꿀 수 있을 것'이라는 희망을 쉬이 품지는 않는다. 체제를 전복하고 내가 옳다고 여기는 대의명분으로 가득 찬 파라다이스를 건설하는 것이 가능하다고, 또 그런 세상이 완벽한 신세계일 것이라고도 생각하지 않기 때문이다.

1989년에 태어난 나는 민주주의와 자본주의만이 세상을 사유하는 유일한 인식 틀이라고 알고 자랐다. 냉전 이후에 태어나 소련이나 중국의 해체와 변화를 눈 뜨고 보지 못했다. 자본주의가 물론 완벽한 시스템은 결코 아니지만, 그래도 민주주의라는 정치 체제와 자본주의라는 경제 체제는 곧잘 결합해 전 세계적으로 막강한 위력을 발휘했다. (현대 민주주의와 자본주의 그 자체가 100퍼센트 완벽하다는 말은 더더욱 아니다.)

IMF 금융위기, 세계 금융위기 같은 굵직한 자본주의의 '실패'가 짧은 역사 속에서 여러 번 반복되지만, 자본주의는 자주 다른 이들의 뒤에 숨어 비판을 면했다. 방만하고 안이하게 기업을 경영한 족벌 오너들, 축적된 부실을 보고도 눈감고 아웅한 국가와 관료들, 자신의 대출 상환 능력을 따지지 않고 모기지론을 일으킨 저소득층과 소시민, 적격 여부를 제대로 심사하지 않은 채 대출을 승인한 은행 등등. 모두가 제자리에서 제 일을 하지 않은 탓일 뿐, 누구도 시스템 자체에 의문을 던지지 않는다. 정상적으로 굴러가는 톱니바퀴 중 한두 가지가 어긋나서 잘못된 것이라고…….

이런 맥락 속에서 "세상에 태어났으면 경천동지할 일 하나쯤은 벌여야지"라고 호기롭게 외치는 구세대의 부추김은 우리 세대에겐 큰 부담이 아닐 수 없다. 단 한 번도 '체제 전복'에 대한 개인적인 꿈도, 집단적인 목표도 가져보지 않았기 때문이다. 오히려 12년간 공교육 과정을 성실하게 밟아온 결과 우리는 모두 자연스럽게 체제에 순응하는 모범생으로 커버렸다. 만약에 세상이 내 뜻대로 움직이지 않는다면, 바꿔야 하는 건 세상이 아니라 나 자신, 나의 하루, 나의 미래라고 배워왔다.

이런 우리가 대학생이었던 여러 해 전, 많은 기업과 정부 기관, 시민단체는 배낭 하나와 체류비만을 쥐어주고 청년들을 탐험하게 하는 대외활동을 곧잘 주최했다. '세상을 바꿔라!'라는 시끌벅적한 캐치프레이즈를 내걸고 청춘에 어울리는 탐험대를 상상하며 발대식을 열었지만, 결국 이런 활동은 모두의 이력서에 특별한 서사를 채우기 위한 용도로 변질되어버렸다. 모험, 도전, 탐험, 극복 같은 서사가 우리 세대의 '스펙 한 줄'로 납작해져버린 건 어느 정도 예측 가능한 수순이었다.

'투쟁력'이 중요했던 시대가 있었다면, 지금을 살아내는 우리에게 중요한 건 '일상력'이다. 코로나19 국면이 길어지면서, 우리에게 '일상'을 지키는 것은 다른 무엇보다 더 중요한 화두가 됐다. 나는 큰 변화를 이끌기보다, 일상의 소박한 순간을 제어하고 바꾸는 사람이 되고 싶다. 그 수단은 모닝 루틴, 요가와 명상, 제로웨이스트, 프리사이클링, 페미니즘, 방구석 봉사, 자본주의적 연대 같은 작은 실천이다. 이런 것들에 눈을 떴다고 해서 새로운 세상이 펼쳐지는 그런 드라마틱한 효과를 보는 건 아니지만, 그럼에도 천천히 암약하며 내가 옳다고 생각하는 방향으로 세상을 만들어가는 걸음들이다.

사사건건 참견하는 외부의 간섭으로, 하루 24시간도 온전히 나로 살아가지 못하는 이들에게 "세상을 바꾸라"는 주문은 이제 그만 외우자. '대의명분'이니 '이데올로기'니 하는 것도 조금 내려놓자. 엄청난 개혁 의지로 무장한 이도, 알고 보니 '내로남불'의 화신이었다는 뉴스를 우리는 너무 많이 봤다. 옳은 말투성이인 SNS는 그저 겉포장일 뿐이고, 언론인 혹은 시민단체 시절 권력에 매운 말깨나 했던 부류도 시간만 조금 지나면 모두 똑같은 집주인, 속물, 속 빈 야망캐(야망 캐릭터)였다는 사실이 속속들이 밝혀지는 나날들이다.

나는 세상을 위해 엄청난 혁신을 하겠다는 도덕 의지로 중무장한 사람들을 그다지 신뢰하지 않게 됐다. 세상은 "바꾸겠다"는 선전포고가 없더라도 실천하는 이성들로 얼마든지 좋아질 수 있다. 자기 자리에서 자신의 일을 묵묵히 한 사람들로 인해 내일은 그만큼 진보한다고 믿는다.

진보냐, 보수냐 그것이 문제로다

"생활 양식은 보수적인데, 사상은 진보적이에요."

누군가 나를 케케묵은 '진보'와 '보수'라는 잣대로 구분하려고 시도할 때, 나는 스스로를 이렇게 정의한다. 나는 페미니스트이며, 기후 문제에 예민하다. 타인이 나의 영역을 침범하는 것을 꺼리는 개인주의자이며, 내가 세상을 바꿀 수 있다고 생각하지는 않지만 적어도 사회에 민폐를 끼치려고 하지는 않는다. 세상은 진보해야 한다고 믿으나, 그 방식과 구호가 현실에 단단히 뿌리내리지 않은 허망한 것은 신뢰하지 않는다. 이런 나는 진보인가, 보수인가?

사실 우리에게 있어 '이념'은 3년에 한 번 입에 올릴까 말까

할 정도로 낯선 개념이다. 대학에서 정치학을 전공하고, 기자로 일을 하기 때문에 '이념' 같은 단어를 간혹 꺼내 쓰긴 하지만 그렇지 않은 지인과의 술자리에서 '사상'이니 '무슨 주의'니를 말했다간 어떤 시선과 맞닥뜨릴지 안 봐도 눈에 선하다.

이념은 세상을 바라보는 낡은 틀이 되어버렸지만, 여전히 주류적 해석으로 통용된다. 나는 언론사를 비롯해 사회에 영향력을 미치는 많은 스피커가 세상을 바라보는 다양한 렌즈를 구비해야 한다고 생각한다. 세상은 진보와 보수로 나눠 바라보기엔 너무나 다채롭고 생동감이 넘치기 때문이다.

내가 다니는 신문사는 국내 유일의 중도 정론지다. 조직을 떠받드는 '중도'라는 가치를 한때는 고리타분하다고 여기기도 했다. 그런데 최근 들어 이 '중도'라는 가치가 얼마나 빛과 소금 같은 것인지를 절감한다. 정치권부터가 모두를 위한 '100의 정치'를 하기보다 확고한 51을 확보하는 지름길만 바라보고 사안마다 국민까지 '네 편 내 편'으로 나뉘어 싸우고 있는 요즈음, 논쟁에서 한발 물러나 객관의 위치를 점하고 시시비비부터 가리는 '중도적 자세'가 얼마나 중요한 미덕인지 깨닫게 된 것이다. 요즘처럼 선명한 내 편만을 고집하는 세태 속에서, 이슈마다 판단을 달리하고 특정 입장을 성경처럼 맹신하지 않는 우리 세대는 정말 발붙일 데가 없다는 생각이 든다.

우리는 누구나 선이 될 수 있고, 또 어떤 면에서는 악을 품을 수 있다. 인간은 완벽하지 않다. 누군가가 그럴 수 있다고 믿는 것은 전체주의와 파시즘이 지배했던 시기에나 가능한 것이다. 절대적인 선악을 구분하는 것만큼이나, 거악과 차악을 나누려는 시도도 단호히 거부한다. '거악'을 처단하기 위해서 사사로운 '차악'은 눈감을 수 있어야 한다는 생각이 무척이나 위선적으로 느껴진다. 민주화라는 대의명분을 이루기 위해 학생운동을 치열하게 벌이는 와중에도, 선봉에 서지 않고 뒤에서 지원하는 동지를 향한 성폭력이나 차별은 없어야 한다. 촛불집회를 통해 대통령을 권좌에서 끌어내리는 와중에도 그것은 권력을 향한 저항이어야지, 그가 여성이라고 해서 성차별적 발화를 허용한다는 의미는 아니다. 마찬가지의 맥락으로 검찰 개혁에 동의한다는 것이, 그 동력을 유지하기 위해 현 정부 인사들의 비위를 눈감는다는 것과 동의어가 될 수 없다.

사안을 바라보는 생각은 조금 더 섬세하고 예민하다. 문재인 정부를 응원하면서도 '검찰 개혁'의 방식에 동의하지 않을 수 있다. 여당을 지지하지만 국회에서 모든 상임위원장을 독식하며 양보하지 않는 모습에 문제의식을 가질 수 있다. 주택을 쓸어 담으며 투기를 조장하는 다주택자를 비판하면서도, 경기 상황에 따라 세입자들의 단기적 고통을 초래할 수 있는 '임대차 3법'에 대해서 유예적 입장을 가질 수도 있다. 평생 일본이 있는 방향으로는 고개 한번 숙인 적 없는 삶을 살았다

할지라도, 맹목적 전체주의로 흐르는 '반일 불매운동'의 양상 자체에 우려를 표할 수도 있다. 세상에 100명이 있으면 100개의 의견이 존재할 수 있는 것인데 조금이라도 '선명한 태도'를 취하지 않으면 적폐가 되어버리는 오늘날의 잣대에 모두가 너무 많이 지쳐버렸다.

고정된 정치적 판단 기준이 없다보니, 2021년 서울시장 보궐선거에서 20대의 표심을 놓고 아전인수식 해석이 분분했다. 특히 지상파 3사 출구조사 결과에서 20대 집단 내 여성과 남성의 투표 성향이 확연히 다른 것을 두고 저마다 유리한 해석을 내놓았다.

누구는 '공정' 때문이다, 누구는 '조국 전 장관' 때문이다, 누구는 '페미니즘' 때문이다, 누구는 '전임 시장들의 성폭력' 때문이다 하며 백가쟁명이 이뤄졌지만 그 어느 것도 정답은 아니다. 20대 유권자가 100명 있다면, 저마다 다른 이유로 투표했을 것이기 때문이다. 같은 이유에서 20대의 투표 성향에 '젠더 갈등(나는 엄연히 성차별이 존재하는 상황에서 남녀 간 동일한 위치를 전제하는 젠더 갈등이라는 명명 자체에 동의하지 않는다)'을 주효한 요인으로 꼽은 젊은 야당 대표(당시는 원외 정치인 신분이었다) 주장도 틀렸다. 20대는 균일한 집단으로 묶는 '투쟁의 기억'도 '세대적 서사'도 '집단적 이상향'도 없기 때문이다.

성별 투표 성향만 보면 20대 남녀는 사실상 다른 집단이다.

다른 경험과 다른 기억, 다른 서사를 공유한다. 지상파 출구조사에 따르면 20대(18, 19세 포함) 남성의 72.5퍼센트가 오세훈 후보를 지지하고, 22.2퍼센트가 박영선 후보를 지지했다. 반면 여성은 44퍼센트가 박영선 후보를, 40.9퍼센트가 오세훈 후보를, 15.1퍼센트가 제3지대를 지지했다.

비슷한 세대 선상에 놓여 있고, 2020년 정치부에서 민심을 들여다보는 것을 훈련받은 나로서는 사실 이상할 것이 전혀 없었다. 그런데 이 같은 민심에 화들짝 놀란 인사들(특히 86세대)이 지난 보수 정권에서 교육을 잘못 받았다는 등 손쉽게 '20대 개새끼론(2009년 김용민 시사평론가가 기고한 글에서 유래했으며, 20대가 사회에 분노하거나 연대하지 않는다며 비판하는 내용이다. 당시에도 한 세대의 생각을 쉽게 규정하고, 자신이 옳다고 생각하는 것만 옳다고 고집하는 꼰대의 내면을 드러내는 것이라 비판받았다)'에 동조하는 것을 목격했다.

우선, 20대 남성을 보자. 미디어는 '인천국제공항공사 정규직 전환' '평창 올림픽 남북 단일팀' 등 이른바 공정 이슈가 원인이었다는 것을 주된 원인으로 꼽는다. 간혹 젠더 불평등으로 인한 투쟁 과정을 '젠더 갈등'으로 포장하고 싶은 이들은 '문재인 정부의 페미니즘 정책이 문제다'라고 한다. 선거 이후 전리품을 나눠 갖는 과정에서 '20대 남성 대부분이 국민의 힘을 지지한 것은 젠더 갈등 탓이다'라는 서사가 필요한 이들이 마이크를 쥐고 외치고 있기 때문이다. 각자가 선택한 동기야 다양했겠지만, ①이 선거가 시기상 정권 말기에 이뤄졌다는 것, ②보궐선거 귀책 사유가 더불어민주당에 있는 것을 감안하면 당연히 국민의힘이 약진할 수밖에 없었다.

견고한 이념의 틀에 기반을 둔 사람들만이 이들의 선택을 두고 기함한다. "아무리 그래도 어떻게 젊은 사람들이 보수당을 찍을 수 있어?" 이들은 아마 기권을 하면 했지 평생 한 당만 뽑아본 유권자들일 것이다. '잘못하면 안 찍을 수도 있다'는 선택 자체를 이해할 수 없는 이들일 것이다. 대표적으로 세상을 '선악'으로 나누는 이들일 것이다.

20대 여성의 마음은 조금 더 복합적이다. 페미니즘 의식 수준이 높고, 전임 시장이 성폭력으로 공석이 된 것을 감안하면 이들의 인식 속 이번 선거는 '젠더 선거' 성격이 꽤 중요한 의미를 차지한다. 그런데 이들이 놓인 처지는 안쓰러울 정도였다. 부동산과 정권 심판론에 '젠더 선거'의 의미는 쏙 사라졌고, 선거 후에도 '젠더 갈등'으로 포장된 서사로 이들의 결집은 과소대표됐다.

이번 선거에서 20대 여성이 가진 선택지는 다음의 세 가지로 요약된다. ① 민주당에 준엄한 심판을 내리고 싶지만, 보수당의 성인지 감수성이 더욱 처참하여 어쩔 수 없이 민주당을 지지한 이들 ② 민주당 전임 시장의 성폭력 문제뿐 아니라

사건 전후 집권 여당이 보인 '2차 가해' 행태에 등을 돌려 국민의힘을 지지한 이들 ③ 둘 다 선택지로 삼을 수 없어 '페미니스트'를 내건 무소속과 제3정당 후보를 지지한 이들. 특히 20대 여성에서 ③을 선택한 이들은 15.1퍼센트로 다른 집단에 비해 월등히 높았는데, 이는 척박한 상황 속에서도 정치적 냉소로 흐르지 않고 나름의 정치적 결집을 이룬 주체적 선택으로 읽힌다. ③의 선택을 한 30대 여성도 5.7퍼센트로, 꽤 높은 편이었다. 아마도 비슷한 이유일 것이다. 여당도 제1야당도 뽑을 수 없고 '페미니즘'을 선택한 여성들. 30대 여성인 나 역시 끝끝내 투표용지를 받아 도장을 찍기 전까지 고민하고 또 고민했다.

어떻게 이런 선택이 가능하냐고? '사안별로' 판단하기 때문이다. 20대는 기본적으로 '이슈 보터'다. 물론 개개인은 '나는 보수적인 편이야' '민주당을 더 좋아해' 같은 성향이 있지만, 기본적으로 '요즘 애들'은 맹목적인 추종을 하지 않는다. 지지하는 정치인이 저지른 잘못을 덮어두고 응원하기보다 진심 어린 사과를 하는 모습에 진정성을 느낀다. A 정치 세력이 잘못했다고 해서 그것을 지적했는데, "그럼 B 세력은 어떻고!" 하는 식의 물귀신 작전은 정치 혐오만 불러일으킬 뿐이다.

'요즘 애들'은 성급하게 누구를 선악으로 나누지도 않고, 표피적인 요소로 전체를 판단하는 우를 범하지도 않는다. 물리

쳐야 할 '거악'이 삶을 지배한 적이 없었기에, 태생적으로 누구나 선이면서 악일 수 있다는 감각을 체화했기 때문일 테다. 대의와 명분이 좋다면 어떤 수단도 정당화하는 86세대를 보며 '내로남불'이라는 반감을 갖는 이유이기도 하다.

하나의 목표가 생기면 돌격부대 몰아치듯 소수 의견을 묵살하는 모습에도 거부감이 든다. 앞에서는 공정과 정의 등 온갖 개혁적 구호를 외치면서 뒤에서는 기득권과 똑같은 행태를 보이는 모습엔 환멸을 느낀다. 위선보다 위악이 낫다고 생각하는 우리다. 문제가 발각되었을 때 가족 탓으로 돌리는 모습은 궁색하다 못해 '어른'의 의미를 다시금 고민하게 만든다.

물론 '겨 묻은 개'는 "저기 저 '똥 묻은 개' 봐라"며 가리키고 싶을지 모르겠다. 다시 한번 말하지만 '요즘 애들'은 절대적인 선악을 나누지도, 거악과 차악을 구분하지도 않는다. 선악의 구분은 필연적으로 이데올로기적이다. 요즘 애들 눈에는 '겨 묻은 개'든 '똥 묻은 개'든 똑같이 '뭐 묻은 개'다. 이런 요즘 애들을 사로잡고 싶다면, 괜히 헛된 이유를 엉뚱한 데서 찾을 것이 아니라 자신에게 묻은 것부터 살펴보는 것이 먼저다.

그래서 '너는 누구 편이냐'고? 이러한 질문 역시 배격하고 싶지만 굳이 나의 생각을 설명하자면…….

"음, 저는 여성 문제를 바라볼 때는 진보적인데 투자나 시장

경제에 대한 태도는 합리적 보수에 가까워요. 시장의 순기능을 부정할 수 없죠. 동시에 거대한 정부가 만들어내는 부작용이 크지만, 코로나19 같은 상황에서는 정부의 적극적 개입이 효과적이긴 한 것 같아요. 환경 문제는 확실히 국가가 개입해야 한다고 생각하는 큰정부주의고요. 동시에 평화를 바라지만 급진적인 안보 변화는 불안해요. LGBT 프렌들리하고요. 개인주의자이지만 사회와 공동체를 중시해요. 따뜻한 아이스 아메리카노 아니냐고요? 개인을 중시하면서도 지속 가능한 사회를 꿈꿀 수 있는 것 아닌가요? 사회 이슈에 대한 관점은 그때그때마다 다른 편이에요. 늘 맞는 사람이 어딨겠어요. 그래도 권력을 쥐고 있는 쪽이 조금 더 책임 있다고 생각하는 편이에요. 정치인이 불쌍해서 뽑는다고요? 그런 일은 있을 수 없어요! 우리의 4, 5년이 얼마나 귀중한 시간인데."

이렇게 나의 '이념'을 설명하면 별종 인간일까? 내 눈에는 오히려 한 사람을 하나의 단어로 규정 내리는 것이 더 가능하지 않아 보인다. 그럼에도 또다시 '진보냐 보수냐'고 묻는 사람이 있다면, 그때의 나는 '진보수'라 답할 것이다. 나의 생각은 진보의 가장 끝과 보수의 가장 끝 어드메를 자유롭게 넘나들고 있을 테니까.

마무리하며

세대라는 불완전한 구분

나는 한 번도 내가 동년배를 대표할 만한 일반적인 특징을 가지고 있다고 생각한 적이 없다. 오히려 표준에서 늘 동떨어진 부류의 인간이었다. 유년 시절은 단군 이래 가장 풍요로운 세대라는 평을 듣는 또래에 비해 과하게 척박하고 빈곤했으며, 20대에는 친구들에 비해 유난히 여유가 없고 바빴다. 사회생활을 시작하고 나서는 '기자'라는 직업의 특수성에 매였다. 가까운 친구들이 빳빳한 정장을 입고 회사 사원증을 자랑스럽게 매고 다닐 때, 학생 티를 벗지 못한 두꺼운 백팩에 노트북과 온갖 자료를 이고 지고 다녔다. 취업에 성공한 사회 초년생들이 퇴근 후 번화가의 트렌디한 라운지 바에서 '불금'을 즐길 때 나는 한 분야 외길 인생을 이어온 전문가나 시민단체 활동가, 나이 지긋한 수사 기관 관계자나 정치인 등과 소주잔을 기울이며 세상사를 이야기했다. 스스로를 애늙은이라고 생각했다.

그런데 어느 순간 무의식적으로 행하는 일련의 '루틴'들이, 서로 합을 짠 것도 아닌데 사회관계망서비스 등에서 유행처럼 다수가 행하고 있는 것을 종종 목격했다. 코로나19를 거치면서 이런 경향은 더욱 도드라졌다. 다 함께 입을 맞춘 것도 아닌데 말이다.

유례없는 전염병의 전파로 모두의 시간 구분선이 모호해졌다. 인위적으로 시간의 구획을 나눌 필요성을 느꼈다. 새벽 5시 기상을 시작했다. 그것이 유행이란 사실을 알게 된 건 몇 달 뒤 "2030 사이에서 미라클 모닝이 유행이다"라고 서술한 신문 기사를 읽고 나서였다.

비슷한 이유로 2021년부터는 24시간 365일을 균등하게 나눈 플래너를 사용하면서 '좋은 습관' 다지기를 보조하는 '습관 만들기'를 작성하고 있다. 바깥에서 사람을 만나는 일이 현저하게 줄어들면서 주어진 시간을 살뜰하게 쓰고 싶은 마음에서였다. 그것이 유행임을 알게 된 건 며칠 뒤 대형 서점을 방문했을 때였다.

한때 통장에 돈이 들어오는 족족 무언가를 사기 바빴던 나는, 요즘 넷플릭스에서도 '경제 예능'을 찾아 보며 깔깔 웃곤

한다. 프랜차이즈 카페에서 음료를 주문할 때면 마음속으로 5000원짜리 주식 종목이 떠오른다. '이 돈이면 ○○○가 1주인데.' 슬며시 꺼냈던 지갑을 닫는다.

차별과 혐오에 민감하고, 동물권에 관심이 많으며, 이 때문에 공정무역과 친환경 철학을 가진 브랜드를 소비하고 때때로 명상을 하는 모습은 어떠한가. '나답게' 살려고 한 행동이지만, SNS를 조금만 뒤져도 비슷한 삶을 살아가는 사람이 숱하다.

개별성을 가진 '나'의 이 같은 일상은 얼마나 개인적인 것일까. 우연의 연속으로 수없이 많은 우리가 비슷한 양식을 공유한다면, 그건 우리 안에 내재된 시대를 읽는 흐름, 위기에 대한 인식, 앞으로의 미래 전망에 대한 공통된 감각이 코로나19를 계기로 더욱 선명해졌기 때문이 아닐까.

'MZ세대'가 무언가를 하기만 하면 미디어는 대서특필을 한다. '젊은 사람들이 요즘 특이하게 산다'는 것이 요지다. 하지만 이런 기사 속에서 '요즘 애들'로 묶이는 게 달가운 일은 아니다. 너무 쉽게 타자의 시선으로 대상화되는 기분이 들기 때문이다. 이른바 '신인류'가 등장했다는 호들갑이 대표적이다. 나는, 우리는, 그냥 이렇게 자라서 존재하고 있을 뿐인데……. 언론의 시선이 어쩔 수 없이 기성세대의 그것을 대변하기 때문이다.

'신기한 일을 한다더라 → 그런데 알고 보니 불평등한 사회에서 살아남으려는 생존 본능이더라 → 불안함에 내몰리지 말고 하루하루에 감사하며 살아라' 식의 피상적인 접근들. 당연히 행동의 단계 단계마다 녹아 있는 철학, 관점, 취향은 일차원적으로 해석되거나 아예 소거된다. 'MZ 대변인'도 아닌 주제에 다소 건방지고 대담한 시도이지만, 나의 아주 개인적인 생활에 빗대어 사회적 맥락을 담아보고자 했던 것은 바로 이러한 까닭에서다.

동시에 '세대'라는 어설프고 성긴 구분을 좋아하지 않는다. 수백만의 개인을 한번에 통칭할 수 있는 언어가 존재하리라 생각하지 않기 때문이다. 각양각색의 개인을 '세대'라는 뭉툭한 단어로 가둘 때, 고려되어야 할 계급, 노동 형태, 빈곤, 학력, 젠더, 자본, 지향점 등 여러 목소리는 소거된다. 많은 '세대론'이 무심결에 간과하고 마는 디테일이다.

기실 '○○세대'라는 호명은 단순히 그 시기에 태어난 이들을 가리키는 것이 아니다. 예술사회학 연구자 이라영은, 문화웹진 '채널예스'에 연재한 글•에서 '세대를 호명하는 말은 과연 세대를 가리키는 것인가'에 대한 문제의식을 주창하며 영화

• 이라영, <이라영의 언어는 권력이다> 세대:세대를 호명하는 말은 과연 세대를 가리키는가, 채널예스, 2021.2.16.

「삼진그룹 영어토익반」의 한 장면을 소개한다. 삼진그룹에서 일하는 고졸 여성 노동자들이 유니폼을 입고 커피를 타면서 'X세대'에 대해 논하는 지점에서 불현듯 터져나온 질문. "대학 안 나와도 X세대 할 수 있어?" 세대가 계층과 계급, 향유하는 문화를 구분하는 언어임을 드러내는 장면이다.

기자로 일하는 동안에도 '세대' 구분의 불완전성을 깨달을 기회가 있었다. 2019년 한국일보에서 우리 사회의 청년 정치인 결핍 현상을 조명하는 '스타트업! 젊은 정치'를 연재하면서다. '나이 55.5세, 재산 41억 원, 83퍼센트의 남성(20대 국회 기준)'이라는 평균값을 채운 국회는 분명 문제다. 그러나 이런 국회를 시민의 모습과 더 닮게 만들기 위해서는 단순히 '생물학적 청년'을 이식하면 되는 것이냐는 근본적 물음에 닿으면서 고민은 깊어졌다. 만약 그가 나이만 청년일 뿐 계급적 토대나 사상적 배경이 저 평균값과 조금도 멀지 않다면, 고故 김용균 노동자, 트랜스젠더로 군 복무를 이어가고자 했던 고 변희수 하사, 고 김기홍 퀴어활동가, 그리고 가상이면서 실재하는 82년생 김지영들을 기꺼이 대변할 수 있느냐는 문제에 봉착한다.

책은 나의 경험을 빌려 '요즘 애들'의 생각을 풀어가는 형식으로 전개했다. 하지만 모든 또래를 대변할 수 없는 한계 역시 명확하다. 필연적으로 주류 개념일 수밖에 없는 '세대'. 누군가의 행동을 세대 감각으로 해석한다면 그 행동은 분명히 미디어에 과대대표된 이슈이거나, 같은 연령대 내에서도 '목소리를 가진' '권력이 있는' '지위를 확보한' 이들의 행동 특성일 것이다. 이 책에서 주로 다루는 MZ세대의 특징 역시 그러한 한계가 있음을 생각의 끄트머리에서 뒤늦게 고백한다. 이에 책에서 '세대'라는 단어를 빈번히 끌어오기보다 '또래' '요즘 애들' '친구들' '주변 사람'이라 칭하려 노력했다.

나의 일상을 소재로 세대 이야기를, 사회에 대한 생각을 펼쳐나가는 글쓰기는 처음 해보는 시도라 여간 손에 익지 않았다. 무엇보다 기자로서 기사에 등장하지 않은 채 제3자로서 쓰는 글에 익숙해 '나'가 이렇게 많이 등장하는 에세이 형식을 쓰는 것 자체가 어딘지 모르게 민망하다. 대체 내가 뭐라고…….

지금까지 내가 써온 글은 대부분 취재를 바탕으로 한 공적 용도였다. 문장마다 탄탄하게 논거를 제시하며 축조된 짜임새 있는 글이었다. 엄격한 규율을 따르다가 한순간 푸르른 목초에 방생된 한 마리의 소처럼 헤매는 신세에서 벗어날 길이 없었다. 동시에 스스로도 잘 몰랐던 나를 알게 된 데에 감사한 마음도 든다. 일탈적이고 비규칙적으로 행해왔던 일상의 편린들이 어쩌면 시대와 걸맞은 감각과 함께 움직이는 것일 수도 있다는 생각에 안심도 됐다.

'90년대생이 온다'며 시끌벅적하게 이들을 맞이한 것이 이미 몇 해 전인데, 여전히 한국의 많은 조직은 간극을 메우지 못한 채 불화하는 장면을 종종 본다. 낮은 성과급에 불만을 가진 입사 4년 차 대기업 직원이 CEO를 포함한 모든 구성원에게 "성과급 지급 기준을 알려달라"는 메일을 보내 회사의 사과를 이끌어낸 사례는 어떠한가. 고위 관리자의 지위에 있을 누군가는 "세상이 어찌 되려고, 쯧쯧" 하며 혀를 찰 수도 있겠고, 입사 4년 차 언저리의 누군가는 "역시 용기 있는 자가 세상을 바꾼다"며 박수를 보낼지도 모른다. 우리는 같은 세상을 이렇게 다르게 살아가고 있다. 그리고 간극은 코로나19라는 전대미문의 전염병이 모두의 생활 근간을 뒤흔드는 지금 더욱 커지고 있다.

이 책의 생각들이 궁극적으로 서로를 이해하는 단서가 되었으면 좋겠다. 책 속의 '나'를 바라보면서 집에서 만나는 자녀, 회사에서 만나는 신입사원, 다양한 관계 속에서 만날 젊은이를 떠올린다면 어떨까. 평생 이해할 수 없을 것만 같았던 상대의 말과 생각을 '그럴 수 있겠구나' 정도로 봐주는 계기만 되어도 더할 나위 없이 좋겠다.

동시에 늘 '패기 없다' '용기 없다' '권리만 주장한다' '당돌하다' 등의 굴레를 덮어쓰고는 항변할 기회조차 주어지지 않았던 '요즘 애들'이 드문드문 공감할 수 있는 책이 된다면 더욱 보람찰 것 같다.

책을 쓰며 세상을 납작하게 해석하는 '세대론'에 영합하는 것 같아 마음이 가볍지 않다. 그러나 다른 연령대와 구분되어 특히 도드라지는 우리 또래의 행동, 그리고 그 저변에 깔려 있는 정서를 설명하는 책이 한 권쯤은 필요하다는 생각에는 변함없다. 아무도 1년 뒤를 예상할 수 없는 이 시기를 특유의 예민한 감각을 총동원해 건너가고 있는 '나'. 스스로 옳다고 생각하는 삶의 규범을 조금씩 직조해가는 '나'. 이 모든 '나'를 대신해 세상에 나의 이야기를 내어놓는다. "요즘 애들은 대체 왜 저러느냐"는 무신경한 질문에 대항하기 위하여.

자본주의 키즈의
반자본주의적 분투기

1판 1쇄 2021년 7월 9일
1판 2쇄 2022년 1월 3일

지은이 이혜미
펴낸이 강성민
편집장 이은혜
마케팅 정민호 김도윤
홍보 김희숙 함유지 이소정 이미희

펴낸곳 (주)글항아리 | 출판등록 2009년 1월 19일 제406-2009-000002호

주소 413-120 경기도 파주시 회동길 210
전자우편 bookpot@hanmail.net
전화번호 031-955-2696(마케팅) 031-955-1936(편집부)
팩스 031-955-2557

ISBN 978-89-6735-920-1 03810

www.geulhangari.com